A Confissão de Lúcio

Mário de Sá-Carneiro

Copyright ©2015 da edição: Editora DCL – Difusão Cultural do Livro

Equipe DCL – Difusão Cultural do Livro
DIRETOR EDITORIAL: Raul Maia
ILUSTRAÇÃO DA CAPA: João Lin

Equipe Eureka Soluções Pedagógicas
REVISÃO DE TEXTOS: Gabriela Ghetti
NOTAS EXPLICATIVAS: Pamella Brandão

Texto em conformidade com as novas regras ortográficas do Acordo da Língua Portuguesa

Dados Internacionais de Catalogação na Publicação (CIP)
(Câmara Brasileira do Livro, SP, Brasil)

Sá-Carneiro, Mário de, 1890-1916.
A confissão de Lúcio / Mário de Sá-Carneiro ;
ilustração João Lin. -- São Paulo : DCL, 2012. --
(Coleção grandes nomes da literatura)

"Ed. coment.".
ISBN 978-85-368-1535-0

1. Romance português I. Lin, João. II. Título.
III. Série.

12-09447   CDD-869.3

Índices para catálogo sistemático:

1. Romances : Literatura portuguesa   869.3

Editora DCL – Difusão Cultural do Livro
Av. Marquês de São Vicente, 1619 – Cj.2612 – Barra Funda
CEP 01139-003 – São Paulo/SP
Tel.: (0xx11) 3932-5222
www.editoradcl.com.br

Sumário

APRESENTAÇÃO 4
DUAS PALAVRAS 7
I 8
II 15
III 21
IV 26
V 29
VI 33
VII 37
VIII 40
IX 42
X 44
XI 46
XII 48
XIII 49
XIV 51
XV 59
XVI 63
XVII 64
XVIII 69
XIX 70

APRESENTAÇÃO

Um autor Moderno

O escritor português Mario de Sá-Carneiro nasceu no dia 19 de maio de 1890 em Lisboa. Ficou órfão de mãe com apenas dois anos de idade, e pouco depois seu pai começou uma vida de viagens deixando-o com a avó. Iniciou na poesia com apenas 12 anos, e com 15 já traduzia livros de escritores como Victor Hugo e Goethe.

Em 1909 escreveu a peça *Amizade* para o Liceu Camões com a ajuda de seu amigo, Thomaz Cabreira Júnior, que viria a suicidar-se futuramente, mudando seus conceitos em relação a este ato e levando-o a escrever o poema "A Um Suicida", em 1911. Agora, não via mais o suicídio do modo que todos viam. Não acreditava mais que só os angustiados matavam-se, mas também os alegres e positivistas, como seu amigo.

Também em 1911, Mario foi para Coimbra estudar na Faculdade de Direito, Não chegou a concluir nem o primeiro ano, porém conheceu Fernando Pessoa, com quem cria um forte vínculo de amizade.

Tentou prosseguir com a universidade em Paris com a ajuda financeira do pai, mas logo largou os estudos novamente entregando-se à vida boêmia. Em 1915 começou a projetar a revista *Orpheu* (que teve grande – e escandalosa – repercussão em Portugal) juntamente com Fernando Pessoa e outros amigos. O volume 3 da revista não subsidiou por intermédio de seu pai.

Obra Moderna, período Moderno

A personalidade de um dos grandes nomes do Modernismo era marcada por delírio, alucinação, sarcasmo e confusão. Tomado por extrema insatisfação e melancolia, características também presentes em sua obra. Chegou até a escrever cartas de suicídio para Pessoa e, em 1916, Mário de Sá-Carneiro efetivamente suicidou-se com altas doses de estricnina.

Sua obra tem influência de vários períodos como o Decadentismo, Simbolismo e os movimentos de Vanguarda (como o futurismo) apresentado por Pessoa.

Escreveu obras como *Céu em Fogo*, *Memórias de Paris* e *A Confissão de Lúcio*, que é considerada uma de suas obras mais importantes e predominantemente Decadentista, um movimento que surgiu no final do século XIX resultado da crise europeia e da Primeira Guerra Mundial, que acabou com o positivismo do homem (fruto dos inventos tecnológicos) e colocando em seu lugar o pessimismo (principal característica Decadentista).

A *Confissão de Lúcio*, apesar de fazer parte de um movimento chamado Modernismo, tem fortes características decadentistas e até mesmo surrealistas. Seu narrador é o próprio protagonista (Lúcio), um homem que não tem receio da morte mas também não encara a vida com tanto entusiasmo. Seu melhor amigo (Ricardo) é uma total hipérbole. Fala de suas angústias, seus medos, seus pensamentos, sua dificuldade em se relacionar com as pessoas ao extremo.

Ambos são artistas, escritores, e se identificam por pensarem que um entende o que se passa dentro do outro. A amizade se fortifica mais a cada momento, até que inexplicavelmente Ricardo retorna a Portugal, o que Lúcio também faz tempos depois. Ele encontra seu amigo casado com Marta, uma mulher sensual, charmosa e mistériosa. A partir daí, Lúcio começa a criar uma obsessão e quer saber de onde veio essa mulher e quais são os seus mistérios.

O enredo traz muito suspense. O anormal, a loucura, o "quimérico", fazendo que um tema comum torne-se algo irresistível. Os dilemas enfrentados pelas personagens, a dúvida entre o real e o imaginário, faz que o decadentismo seja predominante na obra, apesar de Mário de Sá-Carneiro ser um dos pioneiros do Modernismo.

A
António Ponce de Leão

...assim éramos nós obscuramente dois, nenhum de nós sabendo bem se o outro não era ele-próprio, se o incerto outro viveria...

Fernando Pessoa

Na Floresta do Alheamento

Duas Palavras

Cumpridos dez anos de prisão por um crime que não pratiquei e do qual, entanto, nunca me defendi, morto para a vida e para os sonhos: nada podendo já esperar e coisa alguma desejando – eu venho fazer enfim a minha confissão: isto é, demonstrar a minha inocência.

Talvez não me acreditem. Decerto que não me acreditam. Mas pouco importa. O meu interesse hoje em gritar que não assassinei Ricardo de Loureiro é nulo. Não tenho família; não preciso que me reabilitem. Mesmo, quem esteve dez anos preso, nunca se reabilita. A verdade simples é esta.

E àqueles que, lendo o que fica exposto, me perguntarem[1]: – Mas por que não fez a sua confissão quando era tempo? Por que não demonstrou a sua inocência ao tribunal? – a esses responderei: – A minha defesa era impossível. Ninguém me acreditaria. E fora inútil fazer-me passar por um embusteiro[2] ou por um doido... Demais, devo confessar, após os acontecimentos em que me vira envolvido nessa época, ficara tão despedaçado que a prisão se me afigurava uma coisa sorridente. Era o esquecimento, a tranquilidade, o sono. Era um fim como qualquer outro – um termo para a minha vida devastada. Toda a minha ânsia foi pois de ver o processo terminado e começar cumprindo a minha sentença.

De resto, o meu processo foi rápido. Oh! o caso parecia bem claro... Eu nem negava nem confessava. Mas quem cala consente... E todas as simpatias estavam do meu lado.

O crime era, como devem ter dito os jornais do tempo, um "crime passional". *Cherchez la femme*[3]. Depois, a vítima um poeta – um artista. A mulher romantizara-se desaparecendo. Eu era um herói, no fim de contas. E um herói com seus laivos[4] de mistério, o que mais me aureolava[5]. Por tudo isso, independentemente do belo discurso de defesa, o júri concedeu-me circunstâncias atenuantes. E a minha pena foi curta.

Ah! foi bem curta – sobretudo para mim... Esses dez anos esvoaram-se--me como dez meses. É que, em realidade, as horas não podem mais ter ação sobre aqueles que viveram um instante que focou toda a sua vida. Atingido o sofrimento máximo, nada já nos faz sofrer. Vibradas as sensações máximas, nada já nos fará oscilar[6]. Simplesmente, este

---

1. note que temos uma obra narrada em primeira pessoa e o personagem-narrador dá credibilidade ao leitor, que é considerado seu "júri".
2. embusteiro – típico de quem mente, engana; um trambiqueiro.
3. *cherchez la femme* – expressão francesa que significa *olhando para as mulheres*.
4. laivos – vestígio; sinal; rastro.
5. aureolar – provém de auréola: um círculo dourado e brilhante que fica na cabeça, utilizado na igreja católica em santos e anjos.
6. oscilar – vacilar; hesitar para fazer algo; tremer.

momento culminante raras[7] são as criaturas que o vivem. As que o viveram ou são, como eu, os mortos-vivos, ou – apenas – os desencantados que, muita vez, acabam no suicídio[8].

Contudo, ignoro se é felicidade maior não se existir tamanho instante[9]. Os que o não vivem, têm a paz – pode ser. Entretanto, não sei. E a verdade é que todos esperam esse momento luminoso[10]. Logo, todos são infelizes. Eis pelo que, apesar de tudo, eu me orgulho de o ter vivido.

Mas ponhamos termos aos devaneios[11]. Não estou escrevendo uma novela. Apenas desejo fazer uma exposição clara de fatos. E, para a clareza, vou-me lançando em mau caminho – parece-me. Aliás, por muito lúcido que queira ser, a minha confissão resultará – estou certo – a mais incoerente, a mais perturbadora, a menos lúcida[12].

Uma coisa garanto porém: durante ela não deixarei escapar um pormenor[13], por mínimo que seja, ou aparentemente incaracterístico. Em casos como o que tento explanar, a luz só pode nascer de uma grande soma de fatos. E são apenas fatos que eu relatarei. Desses fatos, quem quiser, tire as conclusões. Por mim, declaro que nunca experimentei. Endoideceria, seguramente.

Mas o que ainda uma vez, sob minha palavra de honra, afirmo é que só digo a verdade. Não importa que me acreditem, mas só digo a verdade – mesmo quando ela é inverossímil[14].

A minha confissão é um mero documento.

I

*P*or 1895, não sei bem como, achei-me estudando Direito na Faculdade de Paris, ou melhor, não estudando. Vagabundo da minha mocidade, após ter tentado vários fins para a minha vida e de todos igualmente desistido – sedento

---

7. culminante raras – muito raras.
8. perceba o pessimismo do autor em relação a vida humana. Há uma característica decadente (também conhecido como Decadentismo) que era uma tendência no fim do século XIX, com a qual o autor entrou em contato antes de escrever a obra.
9. neste momento há o uso do hipérbato, uma figura de linguagem que tem como objetivo trocar a ordem das palavras para causar confusão na leitura mas sem perda do sentido.
10. nota-se outra característica do Decadentismo que é a busca incansável pelo fim da monotonia.
11. devaneios – sonhos; fantasias; ficções; ausência de razão; deixar levar-se por lembranças ou sonhos.
12. esse trecho evidência uma característica surrealista, a fuga da lógica, da lucidez. Há também o uso de uma figura de linguagem, a antítese (palavras que expressam ideias opostas), no trecho "...a mais pertubadora, a menos lúcida".
13. pormenor – detalhado; minuncioso.
14. inverossímil – diferente da realidade.

de Europa, resolvera transportar-me à grande capital[15]. Logo me embrenhei[16] por meios mais ou menos artísticos, e Gervásio Vila-Nova, que eu mal conhecia de Lisboa, volveu-se-me o companheiro de todas as horas. Curiosa personalidade essa de grande artista falido, ou antes, predestinado para a falência. Perturbava o seu aspecto físico, macerado[17] e esguio[18], e o seu corpo de linhas quebradas tinha estilizações inquietantes de feminilismo histérico e opiado[19], umas vezes – outras, contrariamente, de ascetismo amarelo[20]. Os cabelos compridos, se lhe descobriam a testa ampla e dura, terrível, evocavam cilícios[21], abstenções roxas[22]; se lhes escondiam a fronte, ondeadamente, eram só ternura, perturbadora ternura de espasmos dourados e beijos sutis. Trajava sempre de preto, fatos largos, onde havia o seu quê de sacerdotal – nota mais frisantemente dada pelo colarinho direito, baixo, fechado. Não era enigmático o seu rosto – muito pelo contrário – se lhe cobriam a testa os cabelos ou o chapéu. Entanto, coisa bizarra, no seu corpo havia mistério – corpo de esfinge, talvez, em noites de luar. Aquela criatura não se nos gravava na memória pelos seus traços fisionômicos, mas sim pelo seu estranho perfil. Em todas as multidões ele se destacava, era olhado, comentado – embora, em realidade, a sua silhueta à primeira vista parecesse não se dever salientar notavelmente: pois o fato era negro – apenas de um talhe um pouco exagerado –, os cabelos não escandalosos, ainda que longos; e o chapéu, um bonet de fazenda – esquisito, era certo –, mas que em todo o caso muitos artistas usavam, quase idêntico[23].

Porém, a verdade é que em redor da sua figura havia uma auréola. Gervásio Vila-Nova era aquele que nós olhamos na rua, dizendo: ali, deve ir alguém.

Todo ele encantava as mulheres. Tanta rapariguinha que o seguia de olhos fascinados quando o artista, sobranceiro e esguio, investigava os cafés... Mas esse olhar, no fundo, era mais o que as mulheres lançam a uma criatura do seu sexo, formosíssima e luxuosa, cheia de pedrarias...

– Sabe, meu caro Lúcio – dissera-me o escultor, muita vez –, não sou eu nunca que possuo as minhas amantes; elas é que me possuem...

Ao falar-nos, brilhava ainda mais a sua chama. Era um conversador admirável, adorável nos seus erros, nas suas ignorâncias, que sabia defender intensamente, sempre vitorioso; nas suas opiniões revoltantes e belíssimas, nos seus paradoxos, nas suas blagues[24]. Uma criatura superior – ah! sem dúvida.

---
15. É necessário que notemos que as obras do movimento decadente tendenciam a ocorrer em cenários urbanos.
16. embrenhei – concentrar-se, absorver algo
17. macerado – amolecido; com malemolência.
18. esguio – alto e magro.
19. opiado – narcótico; sonolento.
20. ascetismo amarelo – religiosidade hipócrita, afinal a pessoa não segue os padrões impostos pela religião, mas teatra que o faz.
21. cilícios – cinto áspero usado por fiéis, em algumas reliogiões, como punição por seus pecados.
22. abstenções roxas – há sinestesia, ou seja, uma figura de linguagem que tem como intuito misturar e causar sensações.
23. Observe que a descrição da personagem feita pelo autor tem fortes características modernistas e simbolistas com decadências. Há um exagero na descrição de seus traços, transformando-o em um ser fantástico e/ou bizarro.
24. suas blangues – seus gracejos.

Uma destas criaturas que se enclavinham na memória – e nos perturbam, nos obcecam. Todo fogo! todo fogo!

Entretanto, se o examinávamos com a nossa inteligência, e não apenas com a nossa vibratilidade, logo víamos que, infelizmente, tudo se cifrava nessa auréola, que o seu gênio – talvez por demasiado luminoso – se consumiria a si próprio, incapaz de se condensar numa obra – disperso, quebrado, ardido. E assim aconteceu, com efeito. Não foi um falhado porque teve a coragem de se despedaçar.

A uma criatura como aquela não se podia ter afeto, embora no fundo ele fosse um excelente rapaz; mas ainda hoje evoco com saudade as nossas palestras, as nossas noites de café – e chego a convencer-me que, sim, realmente, o destino de Gervásio Vila-Nova foi o mais belo; e ele um grande, um genial artista.

* * *

Tinha muitas relações no meio artístico o meu amigo. Literatos, pintores, músicos, de todos os países. Uma manhã, entrando no meu quarto, desfechou-me:

– Sabe, meu caro Lúcio, apresentaram-me ontem uma americana muito interessante. Calcule, é uma mulher riquíssima que vive num palácio que propositadamente fez construir no local onde existiam dois grandes prédios que ela mandou deitar abaixo – isto, imagine você, em plena Avenida do Bosque de Bolonha! Uma mulher linda. Nem calcula. Quem me apresentou foi aquele pintor americano dos óculos azuis. Recorda-se? Eu não sei como ele se chama... Podemo-la encontrar todas as tardes no Pavilhão de Armenonville. Costuma ir lá tomar chá. Quero que você a conheça. Vai ver. Interessantíssima!

No dia seguinte – uma esplêndida tarde de inverno, tépida, cheia de sol e céu azul –, tomando um fiacre, lá nos dirigimos ao grande restaurante. Sentamo-nos; mandou-se vir chá... Dez minutos não tinham decorrido, quando Gervásio me tocava no braço. Um grupo de oito pessoas entrava no salão – três mulheres, cinco homens. Das mulheres, duas eram loiras, pequeninas, de pele de rosas e leite; de corpos harmoniosos, sensuais – idênticas a tantas inglesas adoráveis. Mas a outra, em verdade, era qualquer coisa de sonhadamente, de misteriosamente belo. Uma criatura alta, magra, de um rosto esguio de pele dourada – e uns cabelos fantásticos, de um ruivo incendiado, alucinante. A sua formosura era uma destas belezas que inspiram receio. Com efeito, mal a vi, a minha impressão foi de medo – de um medo semelhante ao que experimentamos em face do rosto de alguém que praticou uma ação enorme e monstruosa.

Ela sentou-se sem ruído; mas logo, vendo-nos, correu estendendo as mãos para o escultor:

– Meu caro, muito prazer em o encontrar... Falaram-me ontem muito bem de si... Um seu compatriota... um poeta... M. de Loureiro, julgo...

Foi difícil adivinhar o apelido português entre a pronúncia mesclada.

– Ah... Não o sabia em Paris – murmurou Gervásio.

E para mim, depois de me haver apresentado à estrangeira:

– Você conhece? Ricardo de Loureiro, o poeta das Brasas...
Que nunca lhe falara, que apenas o conhecia de vista e, sobretudo, que admirava intensamente a sua obra.
– Sim... não discuto isso... você bem vê, para mim já essa arte passou. Não me pode interessar... Leia-me os selvagens, homem, que diacho!... Era uma das *scies* de Gervásio Vila-Nova: elogiar uma pseudoescola literária da última hora – o *Selvagismo*, cuja novidade residia em os seus livros serem impressos sobre diversos papéis e com tintas de várias cores, numa estrambótica disposição tipográfica. Também – e eis o que mais entusiasmava o meu amigo – os poetas e prosadores selvagens, abolindo a ideia, "esse escarro", traduziam as suas emoções unicamente em jogo silábico, por onomatopeias[25] rasgadas, bizarras: criando mesmo novas palavras que coisa alguma significavam e cuja beleza, segundo eles, residia justamente em não significarem coisa alguma... De resto, até aí, parece que apenas se publicara um livro dessa escola. Certo poeta russo de nome arrevesado. Livro que Gervásio seguramente não lera, mas que todavia se não cansava de exalçar, gritando-o assombroso, genial...

A mulher estranha chamou-nos para a sua mesa, e apresentou-nos os seus companheiros, que ainda não conhecíamos: o jornalista Jean Lamy, do *Fígaro*, o pintor holandês Van Derk e o escultor inglês Tomás Westwood. Os dois outros eram o pintor americano dos óculos azuis e o inquietante viscondezinho de Naudières, louro, diáfano, maquilado. Quanto às duas raparigas, limitou-se apontando-nos:

– Jenny e Dora.

A conversa logo se entabulou[26] ultracivilizada e banal. Falou-se de modas, discutiu-se teatro e *music-hall*[27], com muita arte à mistura. E quem mais se distinguiu, quem em verdade até exclusivamente falou, foi Gervásio. Nós limitávamo-nos – como acontecia com todos, perante ele, perante a sua intensidade – a ouvir, ou, quando muito, a protestar. Isto é: a dar ensejo para que ele brilhasse...

– Sabe, meu querido Lúcio – uma vez contara-me o escultor –, o Fonseca diz que é um ofício acompanhar-me. E uma arte difícil, fatigante. É que eu falo sempre; não deixo o meu interlocutor repousar. Obrigo-o a ser intenso, a responder-me... Sim, concordo que a minha companhia seja fatigante. Vocês têm razão.

Vocês – note-se em parêntese – era todo o mundo, menos Gervásio... E o Fonseca, de resto, um pobre pintorzinho da Madeira, "pensionista do Estado", de barbichas, *lavallière*[28], cachimbo – sempre calado e oco, olhando nostalgicamente o espaço, à procura talvez da sua ilha perdida... Um santo rapaz!

Depois de muito se conversar sobre teatro e de Gervásio ter proclamado que os atores – ainda os maiores, como a Sara, o Novelli – não passavam de

---

25. onomatopeia – figura de linguagem que imita fonemas, ruídos, barulhos da natureza, etc.
26. entabular – iniciar-se; estabelecer-se.
27. *music-hall* – entretenimento teatral que funde música popular e comédia. Muito popular nos anos 1850 e 1970 e de origem britânica.
28. *lavallière* – do fracês: distinto; elegante.

meros cabotinos, de meros intelectuais *que aprendiam os seus papéis*, e de garantir – "creiam os meus amigos que é assim" – que a verdadeira arte apenas existia entre os *saltimbancos*[29]; esses saltimbancos que eram um dos seus estribilhos[30] e sobre os quais, na noite em que nos encontráramos em Paris, logo me narrara, em confidência, uma história tétrica: o seu rapto por uma companhia de pelotiqueiros[31], quando tinha dois anos e os pais o haviam mandado, barbaramente, para uma ama da serra da Estrela, mulher de um oleiro[32], do qual, sem dúvida, ele herdara a sua tendência para a escultura e de quem, na verdade, devido a uma troca de berços, era até muito possível que fosse filho – a conversa deslizou, não sei como, para a voluptuosidade[33] na arte.

E então a americana bizarra logo protestou:
– Acho que não devem discutir o papel da voluptuosidade na arte porque, meus amigos, a voluptuosidade é uma arte – e, talvez, a mais bela de todas. Porém, até hoje, raros a cultivaram nesse espírito. Venham cá, digam-me: fremir[34] em espasmos de aurora, em êxtases de chama, ruivos de ânsia – não será um prazer bem mais arrepiado, bem mais intenso do que o vago calafrio de beleza que nos pode proporcionar uma tela genial, um poema de bronze? Sem dúvida, acreditem-me. Entretanto o que é necessário é saber vibrar esses espasmos, saber provocá-los. E eis o que ninguém sabe; eis no que ninguém pensa. Assim, para todos, os prazeres dos sentidos são a luxúria, e se resumem em amplexos brutais, em beijos úmidos, em carícias repugnantes, viscosas. Ah! mas aquele que fosse um grande artista e que, para matéria-prima, tomasse a voluptuosidade, que obras irreais de admiráveis não altearia!... Tinha o fogo, a luz, o ar, a água, e os sons, as cores, os aromas, os narcóticos e as sedas – tantos sensualismos novos ainda não explorados... Como eu me orgulharia de ser esse artista!... E sonho uma grande festa no meu palácio encantado, em que os maravilhasse de volúpia... em que fizesse descer sobre vós os arrepios misteriosos das luzes, dos fogos multicolores – e que a vossa carne, então, sentisse enfim o fogo e a luz, os perfumes e os sons, penetrando-a e dimaná-los, a esvaí-los, a matá-los!... Pois nunca atentaram na estranha voluptuosidade do fogo, na perversidade da água, nos requintes viciosos da luz? Eu confesso-lhes que sinto uma verdadeira excitação sexual – mas de desejos espiritualizados de beleza – ao mergulhar as minhas pernas todas nuas na água de um regato, ao contemplar um braseiro incandescente, ao deixar o meu corpo iluminar-se de torrentes elétricas, luminosas... Meus amigos, creiam-me, não passam de uns bárbaros, por mais requintados, por mais complicados e artistas que presumam aparentar!

Gervásio insurgiu-se: "Não; a voluptuosidade não era uma arte. Falassem-lhe do ascetismo, da renúncia. Isso sim!... A voluptuosidade ser uma arte? Banalidade... Toda a gente o dizia ou, no fundo, mais ou menos o pensava."

---

29. saltimbancos – acrobatas de rua; artistas de rua.
30. estribilhos – bordões; frases de efeito.
31. pelotiqueiro – pessoa que tem facilidade de roubar sem ser notado.
32. oleiro – fabricante de objetos de barro.
33. voluptuosidade – sensualidade; prazer.
34. fremir – estremecer; vibrar; tremer.

E por aqui fora, adoravelmente dando a conhecer que só por se lhe afigurar essa a opinião mais geral, ele a combatia.

Durante toda a conversa, apenas quem nunca arriscara uma palavra tinham sido as duas inglesinhas, Jenny e Dora – sem também despregarem ainda de Gervásio, um só instante, os olhos azuis e louros.

Entretanto as cadeiras haviam-se deslocado e, agora, o escultor sentava-se junto da americana. Que belo grupo! Como os seus dois perfis se casavam bem na mesma sombra esbatidos[35] – duas feras de amor, singulares, perturbadoras, evocando mordoradamente perfumes esfíngicos, luas amarelas, crepúsculos de roxidão. Beleza, perversidade, vício e doença...

Mas a noite descera. Um par de amorosos do grande mundo entrava a refugiar-se no célebre estabelecimento, quase deserto pelo inverno.

A americana excêntrica deu o sinal de partida; e quando ela se ergueu eu notei, duvidosamente notei, que calçava umas estranhas sandálias, nos pés nus... nos pés nus de unhas douradas...

* * *

Na Porta Maillot, tomamos o *tramway* para Montparnasse, começando Gervásio:

– Então, Lúcio, que lhe pareceu a minha americana?
– Muito interessante.
– Sim? Mas você não deve gostar daquela gente. Eu compreendo bem. Você é uma natureza simples, e por isso...
– Ao contrário – protestava eu em idiotice –, admiro muito essa gente. Acho-os interessantíssimos. E quanto à minha simplicidade...
– Ah, pelo meu lado, confesso que os adoro... Sou todo ternura por eles. Sinto tantas afinidades com essas criaturas... como também as sinto com os pederastas... com as prostitutas... Oh! é terrível, meu amigo, terrível...

Eu sorria apenas. Estava já acostumado. Sabia bem o que significava tudo aquilo. Isto só: *Arte*.

Pois Gervásio partia do princípio de que o artista não se revelava pelas suas obras, mas sim, unicamente, pela sua personalidade. Queria dizer: ao escultor, no fundo, pouco importava a obra de um artista. Exigia-lhe porém que fosse interessante, genial, no seu aspecto físico, na sua maneira de ser – no seu modo exterior, numa palavra:

– Porque isto, meu amigo, de se chamar artista, de se chamar homem de gênio, a um patusco[36] obeso como o Balzac[37], corcovado, aborrecido, e que é vulgar na sua conversa, nas suas opiniões – não está certo; não é justo nem admissível.

---

35. esbatidos – atenuados; ressaltados.
36. patusco – cômico; ridículo.
37. escritor frânces do século XIX considerado o fundador do Realismo na Literatura Moderna.

— Ora... — protestava eu, citando verdadeiros grandes artistas, bem inferiores no seu aspecto físico.

E então Gervásio Vila-Nova tinha respostas impagáveis.

Se por exemplo – o que raro acontecia – o nome citado era o de um artista que ele já alguma vez me elogiara pelas suas obras, volvia-me:

— O meu amigo desculpe-me, mas é muito pouco lúcido. Esse de quem me fala, embora aparentemente medíocre, era todo chama. Pois não sabe quando ele...

E inventava qualquer anedota interessante, bela, intensa, que atribuía ao seu homem...

E eu calava-me...

De resto, era outro traço característico em Gervásio: construir as individualidades como lhe agradava que fossem, e não as ver como realmente eram. Se lhe apresentavam uma criatura com a qual, por qualquer motivo, simpatizava – logo lhe atribuía opiniões, modos de ser do seu agrado; embora, em verdade, a personagem fosse a antítese disso tudo. É claro que um dia chegava a desilusão. Entretanto, longo tempo ele tinha a força de sustentar o encanto...

Pelo caminho, não pude deixar de lhe observar:

— Você reparou que ela trazia os pés descalços, em sandálias, e as unhas douradas?

— Você crê?... Não...

A desconhecida estranha impressionara-me vivamente e, antes de adormecer, largo tempo a relembrei e à roda que a acompanhava.

Ah! como Gervásio tinha razão, como eu no fundo abominava essa gente – *os artistas*. Isto é, os falsos artistas cuja obra se encerra nas suas atitudes; que falam petulantemente, que se mostram complicados de sentidos e apetites, artificiais, irritantes, intoleráveis. Enfim, que são os exploradores da arte apenas no que ela tem de falso e de exterior.

Mas, na minha incoerência de espírito, logo me vinha outra ideia: – Ora, se os odiava, era só afinal por os invejar e não poder nem saber ser como eles...

Em todo o caso, mesmo abominando-os realmente, o certo é que me atraíam como um vício pernicioso.

Durante uma semana – o que raro acontecia – estive sem ver Gervásio.

Ao fim dela, apareceu-me e contou-me:

— Sabe, tenho estreitado relações com a nossa americana. É na verdade uma criatura interessantíssima. E muito artista... Aquelas duas pequenas são amantes dela. É uma grande sáfica[38].

— Não...

— Asseguro-lhe.

E não falamos mais da estrangeira.

---
38. sáfica – sinônimo de lésbica.

***

Passou-se um mês. Eu já me esquecera da mulher fulva[39], quando uma noite o escultor me participou de súbito:

— É verdade: aquela americana que eu lhe apresentei outro dia dá amanhã uma grande *soirée*[40]. Você está convidado.

— Eu!?...

— Sim. Ela disse-me que levasse alguns amigos. E falou-me de si. Aprecia-o muito... Aquilo deve ser curioso. Há uma representação no fim — umas apoteoses[41], uns bailados ou o quer que é. Entanto se é maçador para você, não venha. Eu creio que estas coisas o aborrecem...

Protestei, idiotamente ainda, como era meu hábito; afirmei que, pelo contrário, tinha até um grande empenho em o acompanhar, e marcamos *rendez-vous* para a noite seguinte, na Closerie, às dez horas.

No dia da festa, arrependi-me de haver aceitado. Eu era tão avesso à vida mundana... E depois, ter que envergar um *smoking*, perder uma noite...

Enfim... enfim...

Quando cheguei ao café — caso estranho! — já o meu amigo chegara. E disse-me:

— Ah... sabe? Temos que esperar ainda pelo Ricardo de Loureiro. Também está convidado. E ficou de se encontrar aqui comigo. Olhe, aí vem ele...

E apresentou-nos:

— O escritor Lúcio Vaz.

— O poeta Ricardo de Loureiro.

E nós, um ao outro:

— Muito gosto em o conhecer pessoalmente.

II

*P*elo caminho a conversa foi-se entabulando e, ao primeiro contato, logo experimentei uma viva simpatia por Ricardo de Loureiro. Adivinhava-se naquele rosto árabe de traços decisivos, bem vincados, uma natureza franca, aberta — luminosa por uns olhos geniais, intensamente negros.

Falei-lhe da sua obra, que admirava, e ele contou-me que lera o meu volume de novelas e que, sobretudo, lhe interessara o conto chamado *João Tortura*. Esta opinião não só me lisonjeou, como mais me fez simpatizar

---
39. fulva — ruiva.
40. *soirée* — do francês: noite; reunião social.
41. apoteoses — momento final glorioso de um espetáculo ou de um acontecimento.

com o poeta, adivinhando nele uma natureza que compreenderia um pouco a minha alma. Efetivamente, essa novela era a que eu preferia, que de muito longe eu preferia, e entretanto a única que nenhum crítico destacara – que os meus amigos mesmo, sem mo dizerem, reputavam a mais inferior.

Brilhantíssima aliás a conversa do artista, além de insinuante, e pela vez primeira eu vi Gervásio calar-se – ouvir, ele que em todos os grupos era o dominador.

Por fim o nosso *coupé*[42] estacou em face de um magnífico palácio da Avenida do Bosque, todo iluminado através de cortinas vermelhas, de seda, fantasticamente. Carruagens, muitas, à porta – contudo uma mescla de fiacres[43] mais ou menos avariados, e algumas soberbas equipagens particulares.

Descemos.

À entrada, como no teatro, um lacaio recebeu os nossos cartões de convite, e outro imediatamente nos empurrou para um ascensor que, rápido, nos ascendeu ao primeiro andar. Então, deparou-se-nos um espetáculo assombroso:

Uma grande sala elíptica, cujo teto era uma elevadíssima cúpula rutilante, sustentada por colunas multicolores em mágicas volutas. Ao fundo, um estranho palco erguido sobre esfinges bronzeadas, do qual – por degraus de mármore rosa – se descia a uma larga piscina semicircular, cheia de água translúcida. Três ordens de galerias – de forma que todo o aspecto da grande sala era o de um opulento, fantástico teatro.

Em qualquer parte, ocultamente, uma orquestra moía valsas.

À nossa entrada – foi sabido – todos os olhares se fixaram em Gervásio Vila-Nova, hierático, belíssimo, na sua casaca negra, bem cintada. E logo a estrangeira se nos precipitou a perguntar a nossa opinião sobre a sala. Com efeito, os arquitetos apenas há duas semanas a tinham dado por concluída. Aquela festa suntuosa era a sua inauguração.

Gritamos o nosso pasmo em face à maravilha, e ela, a encantadora, teve um sorriso de mistério:

– Logo, é que eu desejo conhecer o vosso juízo... E, sobretudo, o que pensam das luzes...

Um deslumbramento, o trajo da americana. Envolvia-a uma túnica de um tecido muito singular, impossível de descrever. Era como que uma estreita malha de fios metálicos – mas dos metais mais diversos – a fundirem-se numa cintilação esbraseada, onde todas as cores ora se enclavinhavam ululantes, ora se dimanavam, silvando tumultos astrais de reflexos. *Todas as cores enlouqueciam na sua túnica*[44].

---
42. *coupé* – carruagem inventada na França no século XIX.
43. fiacre – carruagem de praça.
44. perceba que, não só neste fragmento como em outros, o eu-lírico busca causar o impacto visual e sensorial, exagerando nas descrições. Temos a descrição dos cenários com muita luz, muitas cores entre outras coisas que se chocam, o que resulta em uma confusão, uma paisagem delirante.

Por entre as malhas do tecido, olhando bem, divisava-se a pele nua; e o bico de um seio despontava numa agudeza áurea[45].

Os cabelos fulvos tinha-os enrolado desordenadamente e entretecido de pedrarias que constelavam aquelas labaredas em raios de luz ultrapassada. Mordiam-se-lhe nos braços serpentes de esmeraldas. Nem uma joia sobre o decote profundo... A estátua inquietadora do desejo contorcido, do vício platinado... E de toda a sua carne, em penumbra azul, emanava um aroma denso a crime.

Rápida, após momentos, ela se afastou de nós a receber outros convidados. A sala enchera-se entretanto de uma multidão bizarrada e esquisita[46].

Eram estranhas mulheres quase nuas nos seus trajos audaciosos de baile, e rostos suspeitos sobre as uníssonas e negras vestes masculinas de cerimônia. Havia russos hirsutos e fulvos, escandinavos suavemente louros, meridionais densos, crespos – e um chinês, um índio. Enfim, condensava-se ali bem o Paris cosmopolita[47] – *rastaquouère* e genial.

Até à meia-noite, dançou-se e conversou-se. Nas galerias jogava-se infernalmente. Mas a essa hora foi anunciada a ceia; e todos passamos ao salão de jantar – outra maravilha.

Pouco antes chegara-se a nós a americana e, confidencialmente, nos dissera:

– Depois da ceia, é o espetáculo – o meu Triunfo! Quis condensar nele as minhas ideias sobre a voluptuosidade-arte. Luzes, corpos, aromas, o fogo e a água – tudo se reunirá numa orgia de carne espiritualizada em outro!

Ao entrarmos novamente na grande sala – por mim, confesso, tive medo... recuei...

Todo o cenário mudara – era como se fosse outro o salão. Inundava-o um perfume denso, arrepiante de êxtases, silvava-o uma brisa misteriosa, uma brisa cinzenta com laivos amarelos – não sei por que, pareceu-me assim, bizarramente –, aragem[48] que nos fustigava[49] a carne em novos arrepios. Entanto, o mais grandioso, o mais alucinador, era a iluminação. Declaro-me impotente para a descrever. Apenas, num esforço, poderei esboçar onde residia a sua singularidade, o seu quebranto:

Essa luz – evidentemente elétrica – provinha de uma infinidade de globos, de estranhos globos de várias cores, vários desenhos, de transparências várias – mas, sobretudo, de ondas que projetores ocultos nas galerias golfavam em esplendor. Ora essas torrentes luminosas, todas orientadas para o mesmo ponto quimérico do espaço, convergiam nele em um turbilhão – e, desse turbilhão meteórico, é que elas realmente, em ricochete enclavinhado, se projetavam sobre paredes e colunas, se espalhavam no ambiente da sala, apoteotizando-a[50].

45. note que a sexualidade também é um das características do Surrealismo, uma das fontes de origem da literatura no período modernista no qual Mário de Sá Carneiro teve maior destaque.
46. reafirma a ideia da loucura, do bizarro, no aspecto físico; características também do Surrealismo.
47. o eu-lírico refere-se ao número de estrangeiros presentes.
48. aragem – vento brando; brisa.
49. fustigar – bater; rechicotear; rebater. No contexto tem o sentido de *tocar a pele*.
50. a presença da fantasia, do desvaneio.

De forma que a luz total era uma projeção da própria luz – em outra luz, seguramente, mas a verdade é que a maravilha que nos iluminava nos não parecia luz. Afigurava-se-nos qualquer outra coisa – um fluido novo. Não divago; descrevo apenas uma sensação real: essa luz, nós sentíamo-la mais do que a víamos. E não receio avançar muito afirmando que ela não impressionava a nossa vista, mas sim o nosso tato. *Se de súbito nos arrancassem os olhos, nem por isso nós deixaríamos de ver.* E depois – eis o mais bizarro, o mais esplêndido – nós respirávamos o estranho fluido. Era certo, juntamente com o ar, com o perfume roxo do ar[51], sorvíamos essa luz que, num êxtase iriado, numa vertigem de ascensão – se nos engolfava pelos pulmões, nos invadia o sangue, nos volvia todo o corpo sonoro. Sim, essa luz mágica ressoava em nós, ampliando-nos os sentidos, alastrando-nos em vibratilidade, dimanando-nos, aturdindo-nos... Debaixo dela, toda a nossa carne era sensível aos espasmos, aos aromas, às melodias!...

E não foi só a nós, requintados de ultracivilização e arte, que o mistério rutilante fustigou[52]. Pois em breve todos os espectadores evidenciavam, em rostos confundidos e gestos ansiosos, que um ruivo sortilégio os varara sob essa luz de além-Inferno, sob essa luz *sexualizada*.

Mas de súbito toda a iluminação se transformou divergindo num resvalamento arqueado; e outro frêmito mais brando nos diluiu então, como beijos de esmeraldas sucedendo a mordeduras.

Uma música penetrante tilintava nessa nova aurora, em ritmos desconhecidos – esguia melopeia em que soçobrar[53] gomos de cristal entrechocando-se, onde palmas de espadas refrescavam o ar esbatidamente, onde listas úmidas de sons se vaporizavam sutis...

Enfim: prestes a esvairmo-nos num espasmo derradeiro da alma – tinham-nos sustido para nos alastrarem o prazer.

E, ao fundo, o pano do teatro descerrou-se sobre um cenário aureolal... Extinguiu-se a luz perturbadora, e jorros de eletricidade branca nos iluminaram apenas.

No palco surgiram três dançarinas. Vinham de tranças soltas – blusas vermelhas lhes encerravam os troncos, deixando-lhes os seios livres, oscilantes. Tênues gazes rasgadas lhes pendiam das cinturas. Nos ventres, entre as blusas e as gazes, havia um intervalo – um cinto de carne nua onde se desenhavam flores simbólicas.

As bailadeiras começaram as suas danças. Tinham as pernas nuas. Volteavam, saltavam, reuniam-se num grupo, embaralhavam os seus membros, mordiam-se nas bocas...[54]

Os cabelos da primeira eram pretos, e a sua carne esplêndida de sol. As pernas, talhadas em aurora loura, esgueiravam-se-lhe em luz radiosa a nimbar-se, junto do sexo, numa carne mordorada que apetecia trincar.

---

51. perceba que a todo momento o autor faz uso da sinestesia (figura de linguagem que mistura sensações – no caso, olfato e visão) para estimular sensações no seu leitor.
52. o mistério rutilante fustigou – o mistério reluzente instigou.
53. soçobrar – naufragar, cair.
54. perceba que a sexualidade é tratada de modo natural, antropocêntrico, voltado para a racionalidade humana.

Mas o que as fazia mais excitantes era a saudade límpida que lembravam de um grande lago azul de água cristalina onde, uma noite de luar, elas se mergulhassem descalças e amorosas.

A segunda bailadeira tinha o tipo característico da adolescente pervertida. Magra – porém de seios bem visíveis –, cabelos de um louro sujo, cara provocante, nariz arrebitado. As suas pernas despertavam desejos brutais de as morder, escalavradas de músculos, de durezas – masculinamente.

Enfim, a terceira, a mais perturbadora, era uma rapariga frígida, muito branca e macerada, esguia, evocando misticismos, doença, nas suas pernas de morte – devastadas.

Entanto o baile prosseguia. Pouco a pouco os seus movimentos se tornavam mais rápidos até que por último, num espasmo, as suas bocas se uniram e, rasgados todos os véus – seios, ventres e sexos descobertos –, os corpos se lhes emaranharam, agonizando num arqueamento de vício.

E o pano cerrou-se na mesma placidez luminosa...

Houve depois outros quadros admiráveis: dançarinas nuas perseguindo--se na piscina, a mimarem a atração sexual da água, estranhas bailadeiras que esparziam aromas que mais entenebreciam, em quebranto, a atmosfera fantástica da sala, apoteoses de corpos nus, amontoados – visões luxuriosas de cores intensas, rodopiantes de espasmos, sinfonias de sedas e veludos que sobre corpos nus volteavam...

Mas todas estas maravilhas – incríveis de perversidade, era certo – nos não excitavam fisicamente em desejos lúbricos e bestiais: antes numa ânsia de alma, esbraseada e, ao mesmo tempo, suave: extraordinária, deliciosa.

Escoava-se por nós uma impressão de excesso.

Entanto os delírios que as almas nos fremiam, não os provocavam unicamente as visões lascivas. De maneira alguma. O que oscilávamos, provinha-nos de uma sensação total idêntica à que experimentamos ouvindo uma partitura sublime executada por uma orquestra de mestres. E os quadros sensuais valiam apenas como um instrumento dessa orquestra. Os outros: as luzes, os perfumes, as cores... Sim, todos esses elementos se fundiam num conjunto admirável que, ampliando-a, nos penetrava a alma, e que só nossa alma sentia em febre de longe, em vibração de abismos. Éramos todos alma. *Desciam-nos só da alma os nossos desejos carnais.*

Porém nada valeu em face da última visão:

Raiaram mais densas as luzes, mais agudas e penetrantes, caindo agora, em jorros, do alto da cúpula – e o pano rasgou-se sobre um vago tempo asiático... Ao som de uma música pesada, rouca, longínqua – ela surgiu, a mulher fulva...

E começou dançando...

Envolvia-a uma túnica branca, listada de amarelo. Cabelos soltos, loucamente. Joias fantásticas nas mãos; e os pés descalços, constelados...

Ai, como exprimir os seus passos silenciosos, úmidos, frios de cristal; o marulhar da sua carne ondeando; o álcool dos seus lábios que, num requinte,

19

ela dourara – toda a harmonia esvaecida nos seus gestos; todo o horizonte difuso que o seu rodopiar suscitava, nevoadamente...

Entretanto, ao fundo, numa ara misteriosa, o fogo ateara-se...

Vício a vício a túnica lhe ia resvalando, até que, num êxtase abafado, soçobrou a seus pés... Ah! nesse momento, em face à maravilha que nos varou, ninguém pôde conter um grito de assombro...

Quimérico[55] e nu, o seu corpo sutilizado, erguia-se litúrgico entre mil cintilações irreais. Como os lábios, os bicos dos seios e o sexo estavam dourados – num ouro pálido, doentio. E toda ela serpenteava em misticismo escarlate a querer-se dar ao fogo...

Mas o fogo repelia-a...

Então, numa última perversidade, de novo tomou os véus e se ocultou, deixando apenas nu o sexo áureo – terrível flor de carne a estrebuchar agonias magentas...

Vencedora, tudo foi lume sobre ela...

E, outra vez desvendada – esbraseada e feroz, saltava agora por entre labaredas, rasgando-as: emaranhando, *possuindo,* todo o fogo bêbado que a cingia.

Mas finalmente, saciada após estranhas epilepsias, num salto prodigioso, como um meteoro – ruivo meteoro – ela veio tombar no lago que mil lâmpadas ocultas esbatiam de azul cendrado.

Então foi apoteose:

Toda a água azul, ao recebê-la, se volveu vermelha de brasas, encapelada, ardida pela sua carne que o fogo penetrara... E numa ânsia de se extinguir, possessa, a fera nua mergulhou... Mas quanto mais se abismava, mais era lume ao seu redor...

...Até que por fim, num mistério, o fogo se apagou em ouro e, morto, o seu corpo flutuou heráldico[56] sobre as águas douradas – tranquilas, mortas também...

A luz normal regressara. Era tempo. Mulheres debatiam-se em ataques de histerismo; homens, de rostos congestionados, tinham gestos incoerentes...

As portas abriram-se e nós mesmos, perdidos, sem chapéus – encontramo--nos na rua, afogueados, perplexos... O ar fresco da noite, vergastando-nos, fez-nos despertar, e como se chegássemos de um sonho que os três houvéssemos sonhado – olhamo-nos inquietos, num espanto mudo.

Sim, a impressão fora tão forte, a maravilha tão alucinadora, que não tivemos ânimo para dizer uma palavra.

Esmagados, aturdidos, cada um de nós voltou para sua casa...

Na tarde seguinte – ao acordar de um sono de onze horas – eu não acreditava já na estranha orgia: *A Orgia do Fogo,* como Ricardo lhe chamou depois.

---

55. quimérico – que não é real; que mistura fantasia e realidade.
56. heráldico – fervente. Observe que, apesar da sexualidade ser tratada de modo claro, há muito uso de metáforas, o que deixa as cenas menos explícitas.

Saí. Jantei.
Quando entrava no Café Riche, alguém me bateu no ombro:
– Então como passa o meu amigo? Vamos, as suas impressões?
Era Ricardo de Loureiro.
Falamos largamente acerca das extraordinárias coisas que presenciáramos. E o poeta concluiu que tudo aquilo mais lhe parecia hoje uma visão de onanista[57] genial do que a simples realidade.

* * *

Quanto à americana fulva, não a tornei a ver. O próprio Gervásio deixou de falar nela. E, como se se tratasse de um mistério de Além a que valesse melhor não aludir – nunca mais nos referimos à noite admirável.

Se a sua lembrança me ficou para sempre gravada, não foi por a ter vivido – mas sim porque, dessa noite, se originava a minha amizade com Ricardo de Loureiro.

Assim sucede com efeito. Referimos certos acontecimentos da nossa vida a outros mais fundamentais – e muitas vezes, em torno de um beijo, circula todo um mundo, toda uma humanidade.

De resto, no caso presente, que podia valer a noite fantástica em face do nosso encontro – *desse encontro que marcou o princípio da minha vida?*

Ah! sem dúvida amizade predestinada aquela que começava num cenário tão estranho, tão perturbador, tão dourado...

III

*D*ecorrido um mês, eu e Ricardo éramos não só dois companheiros inseparáveis, como também dois amigos íntimos, sinceros, entre os quais não havia mal-entendidos, nem quase já segredos.

O meu convívio com Gervásio Vila-Nova cessara por completo.

Mesmo, passado pouco, ele regressou a Portugal.

Ah! como era bem diferente, bem mais espontânea, mais cariciosa, a intimidade com o meu novo amigo! E como estávamos longe do Gervásio Vila-Nova que, a propósito de coisa alguma, fazia declarações como esta:

– Sabe você, Lúcio, não imagina a pena que eu tenho de que não gostem das minhas obras. (As suas obras eram esculturas sem pés nem cabeça, pois ele só esculpia torsos contorcidos, enclavinhados, monstruosos, onde, porém, de quando em quando, por alguns detalhes, se adivinhava um cinzel admirável.)

---

57. onanista – homem que se masturba.

Mas não pense que é por mim. Eu estou certo do que elas valem. É por *eles*, coitados, que não podem sentir a sua beleza.

Ou então:

— Creia, meu querido amigo, você faz muito mal em colaborar nessas revistecas lá de baixo... em se apressar tanto a imprimir os seus volumes. O verdadeiro artista deve guardar quanto mais possível o seu inédito. Veja se eu já expus alguma vez... Só compreendo que se publique um livro numa tiragem reduzida; e a 100 francos o exemplar, como fez o... (e citava o nome do russo chefe dos *selvagens*). Ah! eu abomino a publicidade!...

As minhas conversas com Ricardo — pormenor interessante — foram logo, desde o início, bem mais conversas de alma, do que simples conversas de intelectuais.

Pela primeira vez eu encontrara efetivamente alguém que sabia descer um pouco aos recantos ignorados do meu espírito — os mais sensíveis, os mais dolorosos para mim. E com ele o mesmo acontecera — havia de mo contar mais tarde.

Não éramos felizes — oh! não... As nossas vidas passavam torturadas de ânsias, e incompreensões, de agonias de sombra[58]...

Subíramos mais alto; delirávamos sobre a vida. Podíamo-nos embriagar de orgulho, se quiséssemos — mas sofríamos tanto... tanto... O nosso único refúgio era nas nossas obras.

Pintando-me a sua angústia, Ricardo de Loureiro fazia perturbadoras confidências, tinha imagens estranhas.

— Ah! meu caro Lúcio, acredite-me! Nada me encanta já; tudo me aborrece, me nauseia. Os meus próprios raros entusiasmos, se me lembro deles, logo se me esvaem — pois, ao medi-los, encontro-os tão mesquinhos, tão de pacotilha... Quer saber? Outrora, à noite, no meu leito, antes de dormir, eu punha-me a divagar. E era feliz por momentos, entressonhando a glória, o amor, os êxtases... Mas hoje já não sei com que sonhos me robustecer. Acastelei os maiores... eles próprios me fartaram: são sempre os mesmos — e é impossível achar outros... Depois, não me saciam apenas as coisas que possuo — aborrecem-me também as que não tenho, porque, na vida como nos sonhos, são sempre as mesmas[59]. De resto, se às vezes posso sofrer por não possuir certas coisas que ainda não conheço inteiramente, a verdade é que, descendo-me melhor, logo averiguo isto: Meu Deus, se as tivera, ainda maior seria a minha dor, o meu tédio. De forma que *gastar tempo* é hoje o único fim da minha existência deserta. Se viajo, se escrevo — se vivo, numa palavra, creia-me: é só para consumir instantes. Mas dentro em pouco — já o pressinto — isto mesmo me saciará. E que fazer então? Não sei... não sei... Ah! que amargura infinita...

58. o pessimismo, as angústias e frustrações, tanto de si mesmo tanto para com a sociedade, são características decadentistas, bem como simbolistas-modernistas.
59. antes da Primeira Guerra Mundial, o homem encontrava-se satisfeito com os inventos tecnológicos acreditando que, finalmente, encontrara a satisfação. Quando a crise surge na Europa e depois da Primeira Guerra Mundial, o homem se vê perdido e confuso em meio a tudo aquilo, fazendo que todo o otimismo alcançado com os inventos tecnológicos se transformasse no pessimismo decadentista.

Eu punha-me a animá-lo; a dizer-lhe inferiormente que urgia[60] pôr de parte essas ideias abatidas. Um belo futuro se alastrava em sua face. Era preciso ter coragem!

— Um belo futuro?... Olhe, meu amigo, até hoje ainda me não vi no meu futuro. E as coisas em que me não *vejo*, nunca me sucederam.

Perante tal resposta, esbocei uma interrogação muda, a que o poeta volveu:
— Ah! sim, talvez não compreendesse... Ainda lhe não expliquei. Ouça: Desde criança que, pensando em certas situações possíveis numa existência, eu, antecipadamente, me *vejo* ou não *vejo* nelas. Por exemplo: uma coisa onde nunca me vi, foi na vida — e diga-me se na realidade nos encontramos nela? Mas descendo a pequenos detalhes:

"A minha imaginação infantil sonhava, romanescamente construía mil aventuras amorosas, que aliás todos vivem. Pois bem: nunca me vi ao fantasiá-las, como existindo-as mais tarde. E até hoje eu sou aquele que em nenhum desses episódios gentis se encontrou. Não porque lhes fugisse... Nunca fugi de coisa alguma.

"Entretanto, na minha vida, houve certa situação esquisita, mesmo um pouco torpe. Ora eu lembrava-me muita vez de que essa triste aventura havia de ter um fim. E sabia de um muito natural. *Nesse*, contudo, nunca eu me figurava. Mas noutro qualquer. *Outro qualquer*, porém, só podia dar-se por meu intermédio. E por meu intermédio — era bem claro — não se podia, *não se devia* dar. Passou-se tempo... Escuso de lhe dizer que foi justamente a "impossibilidade" que se realizou...

"Era um estudante distinto, e nunca me antevisionava com o meu curso concluído. Efetivamente um belo dia, de súbito, sem razão, deixei a universidade... Fugi para Paris...

"Dentro da vida prática também nunca me figurei. Até hoje, aos vinte e sete anos, não consegui ainda ganhar dinheiro pelo meu trabalho. Felizmente não preciso... E nem mesmo cheguei a entrar nunca na vida, na simples Vida com V grande — na vida social, se prefere. É curioso: sou um isolado que conhece meio mundo, um desclassificado que não tem uma dúvida, uma nódoa — que todos consideram, e que entretanto em parte alguma é admitido... Está certo. Com efeito, nunca me vi "admitido" em parte alguma. Nos próprios meios onde me tenho embrenhado, não sei por que senti-me sempre um estranho...

"E é terrível: martiriza-me por vezes este meu condão. Assim, se eu não *vejo* erguida certa obra cujo plano me entusiasma, é seguro que a não consigo lançar, e que depressa me desencanto da sua ideia — embora, no fundo, a considere admirável.

"Enfim, para me entender melhor: esta sensação é semelhante, ainda que de sentido contrário, a uma outra em que provavelmente ouviu falar — que talvez mesmo conheça —, a do *já visto*. Nunca lhe sucedeu ter visitado pela primeira vez uma terra, um cenário, e — numa reminiscência longínqua, vaga, perturbante — chegar-lhe a lembrança de que, *não sabe quando nem onde*, já esteve naquela terra, já contemplou aquele cenário?...

---

60. urgiar — sem demora; urgentemente.

"É possível que o meu amigo não atinja o que há de comum entre estas duas idéias. Não lhe sei explicar – contudo pressinto, tenho a certeza, que essa relação existe."

Respondi divagando, e o poeta acrescentou:

– Mas ainda lhe não disse o mais estranho. Sabe? É que de maneira alguma me concebo na minha velhice, bem como de nenhuma forma me vejo doente, agonizante. Nem sequer suicidado – segundo às vezes me procuro iludir. E creia, *é tão grande a minha confiança nesta superstição que – juro- -lhe – se não fosse haver a certeza absoluta de que todos morremos, eu, não me "vendo" morto, não acreditaria na minha morte...*

Sorri da *boutade*.

Vagos conhecidos entravam no café onde tínhamos abancado. Sentaram- -se junto de nós e, banal e fácil, a conversa deslizou noutro plano.

* * *

Outras vezes também, Ricardo surgia-me com revelações estrambóticas que lembravam um pouco os esnobismos de Vila-Nova. Porém, nele, eu sabia que tudo isso era verdadeiro, sentido. Quando muito, *sentido já como literatura*. Efetivamente o poeta explicara-me, uma noite:

– Garanto-lhe, meu amigo, todas as ideias que lhe surjam nas minhas obras, por mais bizarras, mais impossíveis – são, pelo menos em parte, sinceras. Isto é: traduzem emoções que na realidade senti; pensamentos que na realidade me ocorreram sobre quaisquer detalhes da minha psicologia. Apenas o que pode suceder é que, quando elas nascem, já venham literalizadas...

Mas voltando às suas revelações estrambóticas:

Como gostássemos, em muitas horas, de nos embrenhar pela vida normal e nos esquecer a nós próprios – frequentávamos bastante os teatros e os *music- -halls*, numa ânsia também de sermos agitados por esses meios intensamente contemporâneos, europeus e luxuosos.

Assim uma vez, no Olímpia, assistíamos a umas danças de *girls*[61] inglesas misturadas numa revista, quando Ricardo me perguntou:

– Diga-me, Lúcio, você não é sujeito a certos medos inexplicáveis, destrambelhados[62]?

– Que não, só se muito vagamente – volvi.

– Pois comigo – tornou o artista – não acontece o mesmo. Enfim, quer saber? Tenho medo destas dançarinas.

Soltei uma gargalhada.

Ricardo prosseguiu:

– É que, não sei se reparou, em todos os *music-halls* tornaram-se agora moda estes bailados por ranchos de raparigas inglesas. Ora essas criaturinhas são todas iguais, sempre – vestidas dos mesmos fatos, com as mesmas pernas

---

61 *girls* – do inglês: garota.
62. note que as personagens são avaliadas de maneira profunda. São indagados e expostos de maneira psicológica.

nuas, as mesmas feições tênues, o mesmo ar gentil. De maneira que eu em vão me esforço por considerar cada uma delas como uma individualidade. Não lhes sei atribuir uma vida – um amante, um passado; certos hábitos, certas maneiras de ser. Não as posso destrinçar do seu conjunto: daí, o meu pavor. Não estou pousando, meu amigo, asseguro-lhe.

"Mas não são estes só os meus medos. Tenho muitos outros. Por exemplo: o horror dos arcos – de alguns arcos triunfais e, sobretudo, de alguns velhos arcos de ruas. Não propriamente dos arcos – antes do espaço aéreo que eles enquadram. E lembro-me de haver experimentado uma sensação misteriosa de pavor, ao descobrir no fim de uma rua solitária de não sei que capital um pequeno arco ou, melhor, uma porta aberta sobre o infinito. Digo bem – sobre o infinito. Com efeito a rua subia e para lá do monumento começava, sem dúvida, a descer. De modo que, de longe, só se via horizonte através desse arco. Confesso-lhe que me detive alguns minutos olhando-o fascinado. Assaltou-me um forte desejo de subir a rua até ao fim e averiguar para onde ele deitava. Mas a coragem faltou-me... Fugi apavorado. E veja, a sensação foi tão violenta, que nem sei já em que triste cidade a oscilei...

"Quando era pequeno – ora, ainda hoje! – apavoravam-me as ogivas das catedrais, as abóbadas, as sombras de altas colunas, os obeliscos[63], as grandes escadarias de mármore... De resto, toda a minha vida psicológica tem sido até agora a projeção dos meus pensamentos infantis – ampliados, modificados; mas sempre no mesmo sentido, na mesma ordem: apenas em outros planos.

"E por último, ainda a respeito de medos: Assim como me assustam alguns espaços vazios emoldurados por arcos – também me inquieta o céu das ruas, estreitas e de prédios altos, que de súbito se partem em curvas apertadas[64].

O seu espírito estava seguramente predisposto para a bizarria, essa noite, pois ainda me fez estas esquisitas declarações à saída do teatro:

– Meu caro Lúcio, vai ficar muito admirado, mas garanto-lhe que não foi tempo perdido o que passei ouvindo essa revista chocha. Achei a razão fundamental do meu sofrimento. Você recorda-se de uma capoeira de galinhas que apareceu em cena? As pobres aves queriam dormir. Metiam os bicos debaixo das asas, mas logo acordavam assustadas pelos jorros dos projetores que iluminavam as "estrelas", pelos saltos do compadre... *Pois como esses pobres bichos, também a minha alma anda estremunhada* – descobri em frente deles. Sim, a minha alma quer dormir e, minuto a minuto, a vêm despertar jorros de luz, estrepitosas vozearias: grandes ânsias, ideias abrasadas, tumultos de aspirações – áureos sonhos, cinzentas realidades... Sofreria menos se ela nunca pudesse adormecer. Com efeito, o que mais me exacerba esta tortura infernal é que, em verdade, a minha alma chega muitas vezes a pegar no sono, *a fechar os olhos* – perdoe a frase estrambótica. Mal os cerra, porém, logo a zurzem – e de novo acorda perdida numa agonia estonteada...

Mais tarde, relembrando-me esta constatação, ajuntara:

– O meu sofrimento mora, ainda que sem razões, tem aumentado tanto, tanto, estes últimos dias, que eu hoje sinto a minha alma fisicamente. Ah!

---
63. obeliscos – monumentos grandes geralmente em forma de pirâmide.
64. perceba a presença dos desvaneios, da análise do "eu".

é horrível! *A minha alma não se angustia apenas, a minha alma sangra*[65]. As dores morais transformam-se-me em verdadeiras dores físicas, em dores horríveis, que eu sinto materialmente – *não no meu corpo, mas no meu espírito*. É muito difícil, concordo, fazer compreender isto a alguém. Entretanto, acredite-me; juro-lhe que é assim. Eis pelo que eu lhe dizia a outra noite que tinha a minha alma estremunhada. Sim, a minha pobre alma anda morta de sono, e não a deixam dormir – tem frio, e não sei aquecer! Endureceu-me toda, toda! secou, ancilosou-se-me; de forma que movê-la – isto é: pensar – me faz hoje sofrer terríveis dores. E quanto mais a alma me endurece, mais eu tenho ânsia de pensar! Um turbilhão de ideias – loucas ideias! – me silva a desconjuntá-la, a arrepanhá-la, a rasgá-la, num martírio alucinante! Até que um dia – oh! é fatal – ela se me partirá – voará em estilhaços... A minha pobre alma! a minha pobre alma!...

Em tais ocasiões os olhos de Ricardo cobriam-se de um véu de luz. Não brilhavam: cobriam-se de um véu de luz. Era muito estranho, mas era assim.

Divagando ainda sobre as dores físicas do seu espírito; num tom de blague[66] que raramente tomava, o poeta desfechou-me uma tarde, de súbito:

– Tenho às vezes tanta inveja das minhas pernas... Porque uma perna não sofre. Não tem alma, meu amigo, não tem alma!

Largas horas, solitário, eu meditava nas singularidades do artista, a querer concluir alguma coisa. Mas o certo é que nunca soube descer uma psicologia, de maneira que chegava só a esta conclusão: ele era uma criatura superior – genial, perturbante. Hoje mesmo, volvidos longos anos, é essa a minha única certeza, e eis pelo que eu me limito a contar, sem ordem – à medida que me vão recordando – os detalhes mais característicos da sua psicologia, como meros documentos na minha justificação.

Fatos, apenas fatos – avisei logo de princípio.

IV

*C*ompreendiam-se perfeitamente as nossas almas – tanto quanto duas almas se podem compreender. E, todavia, éramos duas criaturas muito diversas. Raros traços comuns entre os nossos caracteres. Mesmo, a bem dizer, só numa coisa iguais: no nosso amor por Paris.

– Paris! Paris! – exclamava o poeta – Por que o amo eu tanto? Não sei... Basta lembrar-me que existo na capital latina, para uma onda de orgulho, de júbilo e ascensão se encapelar dentro de mim. É o único ópio louro para a minha dor – Paris!

---

65. a melancolia e angústia também são características surrealistas. Perceba como a personagem dramatiza seus sentimentos de maneira hiperbólica, ou seja, exagerada.
66. blague – gracejo.

"Como eu amo as suas ruas, as suas praças, as suas avenidas! Ao recordá-las longe delas – em miragem nimbada, todas me surgem num resvalamento arqueado que me traspassa em luz. E o meu próprio corpo, que elas vararam, as acompanha no seu rodopio.

"De Paris, amo tudo com igual amor: os seus monumentos, os seus teatros, os seus bulevares[67], os seus jardins, as suas árvores... Tudo nele me é heráldico, me é litúrgico.

"Ah, o que eu sofri um ano que passei longe da minha Cidade, sem esperanças de me tornar a envolver nela tão cedo... E a minha saudade foi então a mesma que se tem pelo corpo de uma amante perdida...

"As ruas tristonhas da Lisboa do sul, descia-as às tardes magoadas rezando o seu nome: O meu Paris... o meu Paris...

"E à noite, num grande leito deserto, antes de adormecer, eu recordava-o – sim, recordava-o – como se recorda a carne nua de uma amante dourada!

"Quando depois regressei à capital assombrosa, a minha ânsia foi logo de a percorrer em todas as avenidas, em todos os bairros, para melhor a entrelaçar comigo, para melhor a delirar... O meu Paris! o meu Paris![68]...

"Entretanto, Lúcio, não creia que eu ame esta grande terra pelos seus bulevares, pelos seus cafés, pelas suas atrizes, pelos seus monumentos. Não! Não! Seria mesquinho. Amo-a por qualquer outra coisa: por uma auréola, talvez, que a envolve e a constitui em alma – mas que eu não vejo; que eu sinto, que eu realmente sinto, e lhe não sei explicar!...

"Só posso viver nos grandes meios. Quero tanto ao progresso, à civilização, ao movimento citadino[69], à atividade febril contemporânea!... Porque, no fundo, eu amo muito a vida. Sou todo de incoerências. Vivo desolado, abatido, parado de energia, e admiro a vida, entanto como nunca ninguém a admirou!

"Europa! Europa! Encapela-te dentro de mim, alastra-me da tua vibração, unge-me da minha época!...

"Lançar pontes! lançar pontes! silvar estradas férreas! erguer torres de aço!..."
E o seu delírio prosseguia através de imagens bizarras, destrambelhadas ideias.

– Sim! Sim! Todo eu sou uma incoerência! O meu próprio corpo é uma incoerência. Julga-me magro, corcovado? Sou-o; porém muito menos do que pareço. Admirar-se-ia se me visse nu...

Mas há mais. Toda a gente me crê um homem misterioso. Pois eu não vivo, não tenho amantes... desapareço... ninguém sabe de mim... Engano! Engano! A minha vida é pelo contrário uma vida sem segredo. Ou melhor, o seu segredo consiste justamente em não o ter.

"E a minha vida, livre de estranhezas, é no entanto uma vida bizarra – mas de uma bizarria às avessas. Com efeito a sua singularidade encerra-se, não em

---

67. bulevar – rua ou avenida geralmente arborizada.
68. perceba que o meio urbano, citado logo no começo do livro como cenário característico do decadentismo, é exaltado nesse trecho.
69. movimento citadino – atividade do homem urbano na cidade.

conter elementos que se não encontram nas vidas normais – mas sim em não conter nenhum dos elementos comuns a todas as vidas. Eis pelo que nunca me sucedeu coisa alguma. *Nem mesmo o que sucede a toda a gente*. Compreende-me?"
Eu compreendia sempre. E ele fazia-me essa justiça. Por isso as nossas conversas de alma se prolongavam em geral até de manhã; passeando nas ruas desertas, sem sentirmos frio nem cansaço, numa intoxicação mútua e arruivada.

* * *

Em horas mais tranquilas, Ricardo punha-se-me a falar da suavidade da vida normal. E confessava-me:
– Ah, quantas vezes isolado em grupos de conhecidos banais, eu não invejei os meus camaradas... Lembro-me tanto de certo jantar no Leão de Ouro... numa noite chuvosa de dezembro... Acompanhavam-me dois atores e um dramaturgo. Sabe? O Roberto Dávila, o Carlos Mota, o Álvares Sesimbra... Eu diligenciara, num esforço, descer até eles. Por último, consegui iludir-me. Fui feliz, instantes, creia... E o Carlos Mota pedia a minha colaboração para uma das suas operetas... Carlos Mota, o autor da *Videirinha*, o grande sucesso da Trindade... Bons rapazes! bons rapazes... Ai, não ser como eles...
"Porque afinal essa sua vida – 'a vida de todos os dias' – é a única que eu amo. Simplesmente não a posso existir... E orgulho-me tanto de não a poder viver ... orgulho-me tanto de não ser feliz... Cá estamos: a maldita literatura..."
E, depois de uma breve pausa:
– Noutros tempos, em Lisboa, um meu companheiro íntimo, hoje já morto, alma ampla e intensa de artista requintado – admirava-se de me ver acamaradar com certas criaturas inferiores. É que essas andavam na vida, e eu aprazia-me com elas numa ilusão. As minhas eternas incoerências! Vocês, os verdadeiros artistas, as verdadeiras grandes almas – eu sei – nunca saem, nem pretendem sair, do vosso círculo de ouro – nunca lhes vêm desejos de baixar à vida. É essa a vossa dignidade. E fazem bem. São muito mais felizes... Pois eu sofro duplamente, porque vivo no mesmo círculo dourado e, entretanto, sei-me agitar cá embaixo...
– Ao contrário, eis pelo que você é maior – comentava eu. – Esses a quem se refere, se não ousam descer, é por adivinharem que, se se misturassem à existência quotidiana, ela os absorveria, soçobrando o seu gênio de envolta com a banalidade. São fracos. E esse pressentimento instintivamente os salva. Enquanto que o meu amigo pode arriscar o seu gênio por entre medíocres. É tão grande que nada o sujará.
– Quimera! Quimera! – volvia o poeta. – Sei lá o que sou... Em todo o caso, olhe que é lamentável a banalidade dos *outros*... Como a "maioria" se contenta com poucas ânsias, poucos desejos espirituais, pouca alma... Oh! é desolador!... Um drama de Jorge Ohnet, um romance de Bourget, uma ópera de

Verdi, uns versos de João de Deus ou um poema de Tomás Ribeiro – chegam bem para encher o seu ideal. Que digo? Isto mesmo são já requintes de almas superiores. As outras – as verdadeiramente normais – ora... ora... deixemo-nos de devaneios, contentam-se com as obscenidades lantejouladas de qualquer baixo-revisteiro sem gramática...

"A maioria, meu caro, a maioria... os felizes... E daí, quem sabe se eles é que têm razão... se tudo o mais será frioleira[70]...

"Em suma... em suma..."

V

Correram meses, seguindo sempre entre nós o mesmo afeto, a mesma camaradagem.

Uma tarde de domingo – recordo-me tão bem – íamos em banalidade Avenida dos Campos Elísios acima, misturados na multidão, quando a sua conversa resvalou para um campo, que até aí o poeta nunca atacara, positivamente:

– Ah! como se respira vida, vida intensa e sadia, nestes domingos de Paris, nestes maravilhosos domingos!... É a vida simples, a vida útil, que se escoa em nossa face. Horas que nos não pertencem – etéreos sonhadores de beleza, roçados de Além, ungidos de Vago... Orgulho! Orgulho! E entanto como valera mais se fôssemos da gente média que nos rodeia. Teríamos, pelo menos de espírito, a suavidade e a paz. Assim temos só a luz. Mas a luz cega os olhos... Somos todos álcool, todos álcool! – álcool que nos esvai em lume[71] que nos arde!

"E é pela agitação desta cidade imensa, por esta vida atual, quotidiana, que eu amo o meu Paris numa ternura loura. Sim! Sim! Digo bem, numa ternura – uma ternura ilimitada. Eu não sei ter afetos. Os meus amores foram sempre ternuras... Nunca poderia amar uma mulher pela alma – isto é: por ela própria. Só a adoraria pelos enternecimentos que a sua gentileza me despertasse: pelos seus dedos trigueiros a apertarem os meus numa tarde de sol, pelo timbre sutil da sua voz, pelos seus rubores – e as suas gargalhadas... as suas correrias...

"Para mim, o que pode haver de sensível no amor é uma saia branca a sacudir o ar, um laço de cetim que mãos esguias enastram, uma cintura que se verga, uma madeixa perdida que o vento desfez, uma canção ciciada[72] em lábios de ouro e de vinte anos, a flor que a boca de uma mulher trincou...

"Não, nem é sequer a formosura que me impressiona. É outra coisa mais vaga – imponderável, translúcida: a gentileza. Ai, e como eu a vou descobrir

---

70. frioleira – que não se deve levar a sério.
71. lume – fogo; fugor.
72. ciciar – cantar baixinho; susssurrar.

em tudo, em tudo – a gentileza... Daí, uma ânsia estonteada, *uma ânsia sexual de possuir vozes, gestos, sorrisos, aromas e cores!...*
"... Lume doido! Lume doido!... Devastação! Devastação!..."
Mas logo, serenando:
– A boa gente que aí vai, meu querido amigo, nunca teve destas complicações. Vive. Nem pensa... Só eu não deixo de pensar... O meu mundo interior ampliou-se – volveu-se infinito, e hora a hora se excede! É horrível. Ah! Lúcio, Lúcio! tenho medo – medo de soçobrar, de me extinguir no meu mundo interior, de desaparecer da vida, perdido nele[73]...
"...E aí tem o assunto para uma das suas novelas: um homem que, à força de se concentrar, desaparecesse da vida – imigrado no seu mundo interior...
"Não lhe digo eu? A maldita literatura...
Sem motivos nenhuns, livre de todas as preocupações, sentia-me entanto esquisitamente disposto, essa tarde. Um calafrio me arrepiava toda a carne – o calafrio que sempre me varara nas horas culminantes da minha vida.
E Ricardo, de novo, apontando-me uma soberba *vitória* que dois esplêndidos cavalos negros tiravam:
– Ah! como eu me trocaria pela mulher linda que ali vai... Ser belo! Ser belo!... ir na vida fulvamente... ser pajem[74] na vida... Haverá triunfo mais alto?...
"A maior glória da minha existência não foi – ah! não julgue que foi – qualquer elogio sobre os meus poemas, sobre o meu gênio. Não. Foi isto só; eu lhe conto:
"Uma tarde de abril, há três anos, caminhava nos grandes bulevares, solitário como sempre. De súbito, uma gargalhada soou perto de mim... Tocaram-me no ombro... Não dei atenção... Mas logo a seguir me puxaram por um braço, garotamente, com o cabo de uma sombrinha... Voltei-me... Eram duas raparigas... duas raparigas gentis, risonhas... Àquela hora, duas costureiras – decerto – saídas dos *ateliers* da Rua da Paz. Tinham embrulhos nas mãos...
"E uma delas, a mais audaciosa:
"– Sabe que é um lindo rapaz?
"Protestei... E fomos andando juntos, trocando palavras banais... (Acredite que meço muito bem todo o ridículo desta confidência.)
"À esquina do Faubourg Poissonnière, despedi-me: devia-me encontrar com um amigo – garanti. Efetivamente, num desejo de perversidade, eu resolvera pôr termo à aventura. Talvez receoso de que, se ela se prolongasse, me desiludisse. Não sei...
"Separamo-nos...
"*Essa tarde foi a mais bela recordação da minha vida!...*
"Meu Deus! Meu Deus! Como em vez deste corpo dobrado, este rosto contorcido – eu quisera ser belo, esplendidamente belo! E, nessa tarde, fui-o por instantes, acredito... É que vinha de escrever alguns dos meus melhores versos.

---
73. nota-se o medo, a incerteza do futuro, as indagações presentes no homem daquela época.
74. pajem – nobre a serviço do rei, do príncipe.

"Sentia-me orgulhoso, admirável... E a tarde era azul, o bulevar ia lindíssimo... Depois, tinha um chapéu petulante[75]... ondeava-se-me na testa uma madeixa juvenil...

"Ah! como vivi semanas, semanas, da pobre saudade... que ternura infinita me desceu para essa rapariguinha que nunca mais encontrei – *que nunca mais poderia encontrar* porque, na minha alegria envaidecida[76], nem sequer me lembrara de ver o seu rosto... Como lhe quero... Como lhe quero... Como a abençoo... Meu amor! meu amor!..."

E, numa transfiguração – todo aureolado pelo brilho intenso, melodioso, dos seus olhos portugueses –, Ricardo de Loureiro erguia-se realmente belo, esse instante...

Aliás, ainda hoje ignoro se o meu amigo era ou não era formoso. Todo de incoerências, também a sua fisionomia era uma incoerência: Por vezes o seu rosto esguio, macerado – se o víamos de frente, parecia-nos radioso. Mas de perfil já não sucedia o mesmo... Contudo, nem sempre: o seu perfil, por vezes, também era agradável... sob certas luzes... em certos espelhos...

Entretanto, o que mais o prejudicava era sem dúvida o seu corpo que ele desprezava, deixando-o "cair de si", segundo a frase extravagante, mas muito própria, de Gervásio Vila-Nova.

Os retratos que existem hoje do poeta, mostram-no belíssimo, numa auréola de gênio. Simplesmente, não era essa a expressão do seu rosto. Sabendo tratar-se de um grande artista, os fotógrafos e os pintores ungiram-lhe a fronte de uma expressão nimbada que lhe não pertencia. Convém desconfiar sempre dos retratos dos grandes homens...

– Ah! meu querido Lúcio – tornou ainda o poeta –, como eu sinto a vitória de uma mulher admirável, estiraçada sobre um leito de rendas, olhando a sua carne toda nua... esplêndida... loura de álcool! A carne feminina – que apoteose! Se eu fosse mulher, nunca me deixaria possuir pela carne dos homens – tristonha, seca, amarela: sem brilho e sem luz... Sim! num entusiasmo espasmódico, sou todo admiração, todo ternura, pelas grandes debochadas que só emaranham os corpos de mármore com outros iguais aos seus – femininos também; arruivados, suntuosos... E lembra-me então um desejo perdido de ser mulher – ao menos, para isto: para que, num encantamento, pudesse olhar as minhas pernas nuas, muito brancas, a escoarem-se, frias, sob um lençol de linho...

Entanto, eu admirava-me do rumo que a conversa tomara. Com efeito, se a obra de Ricardo de Loureiro era cheia de sensualismo, de loucas perversidades – nas suas conversas nada disso surgia. Pelo contrário. Às suas palavras nunca se misturava uma nota sensual – ou simplesmente amorosa – e detinham-no logo súbitos pudores se, por acaso, de longe se referia a qualquer detalhe dessa natureza.

Quanto à vida sexual do meu amigo, ignorava-a por completo. Sob esse ponto de vista, Ricardo afigurava-se-me, porém, uma criatura

---

75. petulante – vivo; atrevido.
76. envaidecida – orgulhosa; vaidosa.

tranquila. Talvez me enganasse... Enganava-me com certeza. E a prova – ai, a prova! – tive-a essa noite pela mais estranha confissão – a mais perturbadora, a mais densa...

Eram sete e meia. Havíamos subido todos os Campos Elísios e a Avenida do Bosque até à Porta Maillot. O artista decidiu que jantássemos no Pavilhão de Armenonville – ideia que eu aplaudi do melhor grado. Tive sempre muito afeto ao célebre restaurante. Não sei... O seu cenário literário (porque o lemos em novelas), a grande sala de tapete vermelho e, ao fundo, a escadaria; as árvores românticas que exteriormente o ensombram, o pequeno lago – tudo isso, naquela atmosfera de grande vida, me evocava por uma saudade longínqua, sutil, bruxuleante, a recordação astral de certa aventura amorosa que eu nunca vivera. Luar de outono, folhas secas, beijos e champanhe...

Correu simples a nossa conversa durante a refeição. Foi só ao café que Ricardo principiou:

– Não pode imaginar, Lúcio, como a sua intimidade me encanta, como eu bendigo a hora em que nos encontramos. Antes de o conhecer, não lidara senão com indiferentes – criaturas vulgares que nunca me compreenderam, muito pouco que fosse. Meus pais adoravam-me. Mas, por isso exatamente, ainda menos me compreendiam. Enquanto que o meu amigo é uma alma rasgada, ampla, que tem a lucidez necessária para entrever a minha. É já muito. Desejaria que fosse mais; mas é já muito. Por isso hoje eu vou ter a coragem de confessar, pela primeira vez a alguém, a maior estranheza do meu espírito, a maior dor da minha vida...

Deteve-se um instante e, de súbito, em outro tom:

– É isto só: – disse – *não posso ser amigo de ninguém*... Não proteste... Eu não sou seu amigo. Nunca soube ter afetos – já lhe contei –, apenas ternuras. A amizade máxima, para mim, traduzir-se-ia unicamente pela maior ternura. E uma ternura traz sempre consigo um desejo caricioso: um desejo de beijar... de estreitar... Enfim: de possuir! Ora eu, só depois de satisfazer os meus desejos, posso realmente sentir aquilo que os provocou. A verdade, por consequência, é que as minhas próprias ternuras, nunca as senti, apenas as adivinhei. Para as sentir, isto é, para ser amigo de alguém (visto que em mim a ternura equivale à amizade) forçoso me seria antes possuir quem eu estimasse, ou mulher ou homem. Mas uma criatura do nosso sexo, não a podemos possuir. *Logo eu só poderia ser amigo de uma criatura do meu sexo, se essa criatura ou eu mudássemos de sexo.*

"Ah! a minha dor é enorme: Todos podem ter amizades, que são o amparo de uma vida, a 'razão' de uma existência inteira – amizades que nos dedicam; amizades que, sinceramente, nós retribuímos. Enquanto que eu, por mais que me esforce, nunca poderei retribuir nenhum afeto: *os afetos não se materializam dentro de mim*! É como se me faltasse um sentido – se fosse cego, se fosse surdo. Para mim, cerrou-se um mundo de alma. Há qualquer coisa que eu vejo, e não posso abranger; qualquer coisa que eu palpo, e não posso sentir... Sou um desgraçado... um grande desgraçado, acredite!

"Em certos momentos chego a ter nojo de mim. Escute. Isto é horrível! Em face de todas as pessoas que eu sei que deveria estimar – *em face de todas as pessoas por quem adivinho ternuras* – assalta-me sempre um desejo violento de as morder na boca! Quantas vezes não retraí uma ânsia de beijar os lábios de minha mãe...

"Entretanto estes desejos materiais – ainda lhe não disse tudo – não julgue que os sinto na minha carne; *sinto-os na minha alma*. Só com a minha alma poderia matar as minhas ânsias enternecidas. Só com a minha alma eu lograria possuir as criaturas que adivinho estimar – e assim satisfazer, isto é, *retribuir sentindo as minhas amizades*.

"Eis tudo...

"Não me diga nada... não me diga nada!... Tenha dó de mim... muito dó..."

Calei-me. Pelo meu cérebro ia um vendaval desfeito. Eu era alguém a cujos pés, sobre uma estrada lisa, cheia de sol e árvores, se cavasse de súbito um abismo de fogo.

Mas, após instantes, muito naturalmente, o poeta exclamou:

– Bem... Já vai sendo tempo de nos irmos embora.

E pediu a conta.

Tomamos um fiacre.

Pelo caminho, ao atravessarmos não sei que praça, chegaram-nos ao ouvido os sons de um violino de cego, estropiando uma linda ária. E Ricardo comentou:

– Ouve esta música? É a expressão da minha vida: uma partitura admirável, estragada por um horrível, por um infame executante...

VI

No dia seguinte, de novo nos encontramos, como sempre, mas não aludimos à estranha conversa da véspera. Nem no dia seguinte, nem nunca mais... até ao desenlace da minha vida...

Entretanto, a perturbadora confidência do artista não se me varrera da memória. Pelo contrário – dia algum eu deixava de a relembrar, inquieto, quase numa obsessão.

Sem incidentes notáveis – na mesma harmonia, no mesmo convívio de alma – a nossa amizade foi prosseguindo, foi-se estreitando. Após dez meses, nos fins de 1896, embora o seu grande amor por Paris, Ricardo resolveu regressar a Portugal – a Lisboa, onde em realidade coisa alguma o devia chamar.

Estivemos um ano separados.
Durante ele, a nossa correspondência foi nula: três cartas minhas; duas do poeta – quando muito.
Circunstâncias materiais e as saudades do meu amigo levaram-me a sair de Paris, definitivamente, por meu turno. E em dezembro de noventa e sete chegava a Lisboa.
Ricardo esperava-me na estação.
Mas como o seu aspecto físico mudara nesse ano que estivéramos sem nos ver!
As suas feições bruscas haviam-se amenizado, acetinado – *feminilizado*, eis a verdade – e, detalhe que mais me impressionou, a cor dos seus cabelos esbatera-se também. Era mesmo talvez desta última alteração que provinha, fundamentalmente, a diferença que eu notava na fisionomia do meu amigo – *fisionomia que se tinha difundido*. Sim, porque fora esta a minha impressão total: os seus traços fisionômicos haviam-se dispersado – *eram hoje menores*.
E o tom da sua voz alterara-se identicamente, e os seus gestos: todo ele, enfim, se esbatera.
Eu sabia já, é claro, que o poeta se casara há pouco, durante a minha ausência. Ele escrevera-mo na sua primeira carta; mas sem juntar pormenores, muito brumosamente – *como se se tratasse de uma irrealidade*. Pelo meu lado, respondera com vagos cumprimentos, sem pedir detalhes, sem estranhar muito o fato – também como se se tratasse de uma irrealidade; de qualquer coisa que eu já soubesse, que fosse um desenlace.
Abraçamo-nos com efusão. O artista acompanhou-me ao hotel, ficando assente que nessa mesma tarde eu jantaria em sua casa.
De sua mulher, nem uma palavra... Lembro-me bem da minha perturbação quando, ao chegarmos ao meu hotel, reparei que ainda lhe não perguntara por ela. E essa perturbação foi tão forte, que ainda menos ousei balbuciar uma palavra a seu respeito, num enleio em verdade inexplicável...
Cheguei. Um criado estilizado conduziu-me a uma grande sala escura, pesada, *ainda que jorros de luz a iluminassem*. Ao entrar, com efeito, nessa sala resplandescente, eu tive a mesma sensação que sofremos se, vindos do sol, penetramos numa casa imersa em penumbra.
Fui pouco a pouco distinguindo os objetos... E, de súbito, sem saber como, num rodopio nevoento, encontrei-me sentado em um sofá, conversando com o poeta e a sua companheira...
Sim. Ainda hoje me é impossível dizer se, quando entrei no salão, já lá estava alguém, ou se foi só após instantes que os dois apareceram[77]. Da mesma forma, nunca pude lembrar-me das primeiras palavras que troquei com Marta – era este o nome da esposa de Ricardo.
Enfim, eu entrara naquela sala tal como se, ao transpor o seu limiar, tivesse *regressado* a um mundo de sonhos.

---

77. essas mudanças imediatas de cena, trazem a oscilação de memória, tempo, a impressão de um sonho, de um desvaneio, que são típicas características surrealistas.

Eis pelo que as minhas reminiscências de toda essa noite são as mais tênues. Entretanto, durante ela, creio que nada de singular aconteceu. Jantou-se; conversou-se largamente, por certo...
À meia-noite despedi-me.
Mal cheguei ao meu quarto, deitei-me, adormeci... E foi só então que me tornaram os sentidos. Efetivamente, ao adormecer, tive a sensação estonteante de acordar de um longo desmaio, regressando agora à vida... Não posso descrever melhor esta incoerência, mas foi assim.
(E, entre parênteses, convém-me acentuar que meço muito bem a estranheza de quanto deixo escrito. Logo no princípio referi que a minha coragem seria a de dizer toda a verdade, ainda quando ela não fosse verossímil.)

* * *

A partir daí, comecei frequentando amiudadas noites a casa de Ricardo. As sensações bizarras tinham-me desaparecido por completo, e eu via agora nitidamente a sua esposa[78].

Era uma linda mulher loira, muito loira, alta, escultural – e a carne mordorada, dura, fugitiva. O seu olhar azul perdia-se de infinito, nostalgicamente. Tinha gestos nimbados[79] e caminhava nuns passos leves, silenciosos – indecisos, mas rápidos. Um rosto formosíssimo, de uma beleza vigorosa, talhado em ouro. Mãos inquietantes de esguias e pálidas.

Sempre triste – numa tristeza maceradamente vaga – mas tão gentil, tão suave e amorável, que era sem dúvida a companheira propícia, ideal, de um poeta.

Cheguei a invejar o meu amigo...

Durante seis meses a nossa existência foi a mais simples, a mais serena. Ah! esses seis meses constituíram em verdade a única época feliz, em névoas, da minha vida...

Raros dias se passavam em que não estivesse com Ricardo e Marta. Quase todas as noites nos reuníamos em sua casa, um pequeno grupo de artistas: eu, Luís de Monforte, o dramaturgo da *Glória*; Aniceto Sarzedas, o verrinoso[80] crítico; dois poetas de vinte anos cujos nomes olvidei e – sobretudo – o conde Sérgio Warginsky, adido da legação da Rússia, que nós conhecêramos vagamente em Paris e que eu me admirava de encontrar agora assíduo frequentador da casa do poeta. Às vezes, com menor frequência, apareciam também Raul Vilar e um seu amigo – triste personagem tarado que hoje escreve novelas torpes desvendando as vidas íntimas dos seus companheiros, no intuito (justifica-se) de apresentar casos de psicologias estranhas e assim fazer uma arte perturbadora, intensa e original; no fundo apenas falsa e obscena[81].

---

78. as sensações confusas e o fato de ele conseguir visualizar Marta com precisão somente com a passagem do tempo podem deduzir que ela nada mais é do que um fruto da imaginação de Lúcio.
79. nimbados – divinos.
80. verrinoso – severo; rígido; ríspido.
81. perceba como o narrador é pessimista com relação à arte daquela atualidade, criticando-a, não só nesse trechos, mas ao decorrer de todo o livro.

35

Os serões corriam lisonjeiros entre conversas intelectuais – vincadamente literárias – onde a nota humorística era dada em abundância por Aniceto Sarzedas, nos seus terríveis *ereintements* contra todos os contemporâneos. Marta misturava-se por vezes nas nossas discussões, e evidenciava-se de uma larga cultura, de uma finíssima inteligência. Curioso que a sua maneira de pensar nunca divergia da do poeta. Ao contrário: integrava-se sempre com a dele reforçando, *aumentando* em pequenos detalhes as suas teorias, as suas opiniões.

O russo, esse exprimia a sensualidade naquele grupo de artistas – não sei por que, eu tinha esta impressão.

Era um belo rapaz de vinte e cinco anos, Sérgio Warginsky. Alto e elançado, o seu corpo evocava o de Gervásio Vila-Nova, que, há pouco, brutalmente se suicidara, arremessando-se para debaixo de um comboio[82]. Os seus lábios vermelhos, petulantes, amorosos, guardavam uns dentes que as mulheres deveriam querer beijar – os cabelos de um loiro arruivado caíam-lhe sobre a testa em duas madeixas longas, arqueadas. Os seus olhos de penumbra áurea, nunca os despregava de Marta – devia-me lembrar mais tarde. Enfim, se alguma mulher havia entre nós, parecia-me mais ser ele do que Marta. (Esta sensação bizarra, aliás, só depois é que eu reconheci que a tivera. Durante este período, pensamentos alguns destrambelhados me vararam o espírito[83].)

Sérgio tinha uma voz formosíssima – sonora, vibrante, esbraseada. Com a predisposição dos russos para as línguas estrangeiras, fazendo um pequeno esforço, pronunciava o português sem o mais ligeiro acento. Por isso Ricardo se aprazia muito em lhe mandar ler os seus poemas que, vibrados por aquela garganta adamantina, se sonorizavam em auréola.

De resto era evidente que o poeta dedicava uma grande simpatia ao russo. A mim, pelo contrário, Warginsky só me irritava – sobretudo talvez pela sua beleza excessiva –, chegando eu a não poder retrair certas impaciências quando ele se me dirigia.

Entretanto bem mais agradáveis me eram ainda as noites que passava apenas na companhia de Ricardo e de Marta – mesmo quase só na companhia de Marta pois, nessas noites, muitas vezes o poeta se ausentava para o seu gabinete de trabalho.

Longas horas me esquecia então conversando com a esposa do meu amigo. Experimentávamos um pelo outro uma viva simpatia – era indubitável. E nessas ocasiões é que eu melhor podia avaliar toda a intensidade do seu espírito.

Enfim, a minha vida desensombrara-se. Certas circunstâncias materiais muito enervantes tinham-se-me modificado lisonjeiramente. Ao meu último

---

82. veja que o narrador não trata o suicídio de maneira melancólica. Essa visão vem de uma experiência que ele mesmo teve: um de seus amigos se suicidou apesar de ter uma boa vida e ser otimista. Isso mudou a visão do autor com relação ao suicídio. Suicidar-se não era mais só para os depressivos, mas para qualquer um.
83. note que, em grande parte de toda a narrativa, o autor faz uso de uma linguagem quase coloquial, repleta de figuras de linguagem como ironia, antítese, hipérbatos entre outras, que faz que o enredo ganhe um tom bem-humorado.

volume, recém-saído do prelo[84], estava-o acolhendo um magnífico sucesso. O próprio Sarzedas lhe dedicara um grande artigo elogioso e lúcido!... Por sua parte, Ricardo só me parecia feliz no seu lar. Em suma, tínhamos aportado. Agora sim: *vivíamos*.

VII

*D*ecorreram meses. Chegara o verão. Haviam cessado as reuniões noturnas em casa do artista. Luís de Monforte retirara-se para a sua quinta; Warginsky partira com três meses de licença para S. Petersburgo. Os dois poetazinhos tinham-se perdido em Trás-os-Montes. Só, de vez em quando – com o seu monóculo e o seu eterno sobretudo –, surgia Aniceto Sarzedas, queixando-se do reumático e do último volume que aparecera.

Depois de projetar uma viagem à Noruega, Ricardo decidiu ficar por Lisboa. Queria trabalhar muito esse verão, concluir o seu volume *Diadema*, que devia ser a sua obra-prima. E, francamente, o melhor para isso era permanecer na capital. Marta estando de acordo, assim sucedeu.

Foi neste tempo que a intimidade com a mulher do meu amigo mais se estreitou – intimidade onde nunca a sombra de um desejo se viera misturar, embora passássemos largo tempo juntos. Com efeito, numa ânsia de trabalho, Ricardo, após o jantar, logo nos deixava, encerrando-se no seu gabinete até às onze horas, meia-noite...

As nossas palavras, de resto, apesar da nossa intimidade, somavam-se apenas numa conversa longínqua em que não apareciam as nossas almas. Eu expunha-lhe os enredos de futuras novelas, sobre as quais Marta dava a sua opinião – lia-lhe as minhas páginas recém-escritas, sempre numa camaradagem puramente intelectual.

Até aí nunca me ocorrera qualquer ideia misteriosa sobre a companheira do poeta. Ao contrário: ela parecia-me bem real, bem simples, bem *certa*.

* * *

Mas aí, de súbito, uma estranha obsessão começou no meu espírito...
Como que acordado bruscamente de um sonho, uma noite achei-me perguntando a mim próprio:
– *Mas no fim de contas quem é esta mulher?*...
Pois eu ignorava tudo a seu respeito. Donde surgira? Quando a encontrara o poeta? Mistério... Em face de mim nunca ela fizera a mínima alusão ao

---
84. prelo – máquina de impressão tipográfica.

seu passado. Nunca falara de um parente, de uma sua amiga. E, por parte de Ricardo, o mesmo silêncio, o mesmo inexplicável silêncio...

Sim, em verdade, tudo aquilo era muito singular. Como a conhecera o artista – ele, que não tinha relações algumas, que nem mesmo frequentava as casas dos seus raros amigos – e como aceitaria a ideia do matrimónio, que tanto lhe repugnava?... *O matrimónio?* Mas seriam eles casados?... Nem sequer disso eu podia estar seguro. Lembrava-me numa reminiscência vaga: na sua carta o meu amigo não me escrevera propriamente que se tinha casado. Isto é: dizia-mo talvez, mas sem empregar nunca uma palavra decisiva... Aludindo a sua mulher, dizia sempre Marta – reparava agora também.

E foi então que me ocorreu outra circunstância ainda mais estranha, a qual me acabou de perturbar: *essa mulher não tinha recordações; essa mulher nunca se referira a uma saudade da sua vida.* Sim; nunca me falara de um sítio onde estivera, de alguém que conhecera, de uma sensação que sentira – em suma, da mais pequena coisa: um laço, uma flor, um véu[85]...

De maneira que a realidade inquietante era esta: aquela mulher erguia--se aos meus olhos como se não tivesse passado – *como se tivesse apenas um presente!*

Em vão tentei expulsar do espírito as ideias afogueadas. Mais e mais cada noite elas se me enclavinhavam, focando-se hoje toda a minha agonia em desvendar o mistério.

Nas minhas conversas com Marta esforçava-me por obrigá-la a descer no seu passado. Assim lhe perguntava naturalmente se conhecia tal cidade, se conservava muitas reminiscências da sua infância, se tinha saudades desta ou doutras épocas da sua vida... Mas ela – naturalmente também, suponho – respondia iludindo as minhas perguntas; mais: *como se não me percebesse...* E, pela minha parte, num enleio[86] injustificado, faltava-me sempre a coragem para insistir – *perturbava-me como se viesse de cometer uma indelicadeza.*

Para a minha ignorância ser total, eu nem mesmo sabia que sentimentos ligavam os dois esposos. Amava-a realmente o artista? Sem dúvida. Entanto nunca mo dissera, nunca se me referira a esse amor, que devia existir com certeza. E, pelo lado de Marta, igual procedimento – *como se tivessem pejo[87] de aludir ao seu amor.*

Um dia, não me podendo conter – vendo que da sua companheira detalhe algum obtinha –, decidi-me a interrogar o próprio Ricardo.

E, num esforço, de súbito:

– É verdade – ousei –, você nunca me contou o seu romance...

No mesmo momento me arrependi. Ricardo empalideceu; murmurou quaisquer palavras e, logo, mudando de assunto, se pôs a esboçar-me o plano de um drama em verso que queria compor.

---

85. notamos mais evidências de que Marta pode não ser real.
86. eleio – embaraço.
87. pejo – vergonha; acanhamento.

Entretanto a minha ideia fixa volvera-se-me num perfeito martírio, e assim – quer junto de Marta, quer junto do poeta – eu tentei por mais de uma vez ainda suscitar alguma luz. Mas sempre embalde.

* * *

Contudo o mais singular da minha obsessão, ia-me esquecendo de o dizer:
Não era com efeito o mistério que encerrava a mulher do meu amigo que, no fundo, mais me torturava. Era antes esta incerteza: a minha obsessão seria uma realidade, existiria realmente no meu espírito; *ou seria apenas um sonho que eu tivera e não lograra esquecer, confundindo-o com a realidade?* Todo eu agora era dúvidas. Em coisa alguma acreditava. Nem sequer na minha obsessão. Caminhava na vida entre vestígios, chegando mesmo a recear enlouquecer nos meus momentos mais lúcidos...

* * *

Voltara o inverno, e, com ele, os serões artísticos em casa do poeta, sucedendo aos dois vates, perdidos definitivamente em Trás-os-Montes, um vago jornalista com pretensões a dramaturgo e Narciso do Amaral, o grande compositor. Sérgio Warginsky, loiro como nunca, sempre o mais assíduo e o mais irritante.
 A prova de que o meu espírito andava doente, muito doente, tive-a uma noite dessas – uma noite chuvosa de dezembro...
 Narciso do Amaral decidira-se enfim a executar-nos o seu concertante. *Além*, que terminara há muitas semanas e que até hoje só ele conhecia.
 Sentou-se ao piano. Os seus dedos feriram as teclas...
 Automaticamente os meus olhos se tinham fixado na esposa de Ricardo, que se assentara num *fauteuil* ao fundo da casa, em um recanto, de maneira que só eu a podia ver olhando ao mesmo tempo para o pianista.
 Longe dela, em pé, na outra extremidade da sala, permanecia o poeta.
 E então, pouco a pouco, à medida que a música aumentava de maravilha, eu vi – sim, na realidade vi! – a figura de Marta dissipar-se, esbater-se, som a som, lentamente, até que desapareceu por completo. *Em face dos meus olhos abismados eu só tinha agora o "fauteuil" vazio...*
 Fui de súbito acordado da miragem pelos aplausos dos auditores que a música genial transportara, fizera fremir, quase delirar...
 E, velada, a voz de Ricardo alteou-se:
 – Nunca vibrei sensações mais intensas do que perante esta música admirável. Não se pode exceder a emoção angustiante, perturbadora, que ela suscita. São véus rasgados sobre o Além – o que a sua harmonia soçobra... Tive a impressão de que tudo quanto me constitui em alma, se precisou condensar para a estremecer – se reuniu dentro de mim, ansiosamente, em um globo de luz...

Calou-se. Olhei...
Marta regressara. Erguia-se do *fauteuil* nesse instante...
Ao dirigir-me para minha casa debaixo de uma chuva miudinha, impertinente – sentia-me silvado por um turbilhão de garras de ouro e chama. Tudo resvalava ao meu redor numa bebedeira de mistério, até que – num esforço de lucidez – consegui atribuir a visão fantástica à partitura imortal. De resto eu apenas sabia que se tratara de uma alucinação, porque era impossível explicar o estranho desaparecimento por qualquer outra forma. Ainda que na realidade o seu corpo se dissolvesse devido aos lugares que ocupávamos na sala – presumivelmente só eu o teria notado. Com efeito, bem pouco natural seria que, em face de música tão sugestionadora, alguém pudesse desviar os olhos do seu admirável executante...

VIII

A partir dessa noite, a minha obsessão ainda mais se acentuou.
Parecia-me, em verdade, enlouquecer.
Quem era, mas quem era afinal essa mulher enigmática, essa mulher de sombra? De onde provinha, *onde existia*?... Falava-lhe há um ano, e era como se nunca lhe houvesse falado... Coisa alguma sabia dela – a ponto que às vezes chegava a duvidar da sua existência. E então, numa ânsia, corria a casa do artista, a vê-la, a certificar-me da sua realidade – a certificar-me de que nem tudo era loucura: *pelo menos ela existia*.
Em mais de uma ocasião já Ricardo pressentira em mim decerto alguma coisa extraordinária. A prova foi que uma tarde, solícito, se informou da minha saúde. Eu respondi-lhe brutalmente – lembro-me – afirmando com impaciência que nada tinha; perguntando-lhe que ideia estrambótica era essa.
E ele, admirado perante o meu furor inexplicável:
– Meu querido Lúcio – apenas comentara –, é preciso tomarmos conta com esses nervos...
Não podendo mais resistir à ideia fixa; adivinhando que o meu espírito soçobraria se não vencesse lançar enfim alguma luz sobre o mistério – sabendo que, nesse sentido, nada me esperava junto de Ricardo ou de Marta –, decidi valer-me de qualquer outro meio, fosse ele qual fosse.
E eis como principiou uma série de baixezas, de interrogações mal dissimuladas, junto de todos os conhecidos do poeta – dos que deviam ter estado em Lisboa quando do seu *casamento*.
Para as minhas primeiras diligências escolhi Luís de Monforte.
Dirigi-me a sua casa, no pretexto de o consultar sobre se deveria conceder a minha autorização a certo dramaturgo que pensava em extrair um drama de

uma das minhas mais célebres novelas. Mas logo de começo não tive mãos em mim, e, interrompendo-me, me pus a fazer-lhe perguntas diretas, ainda que um tanto vagas, sobre a mulher do meu amigo. Luís de Monforte ouviu-as como se as estranhasse – *mas não por elas próprias, só por virem da minha parte*; e respondeu-me chocado, iludindo-as, como se as minhas perguntas fossem indiscrições a que seria pouco correto responder. O mesmo – coisa curiosa – me sucedeu junto de todos quantos interroguei. Apenas Aniceto Sarzedas foi um pouco mais explícito, volvendo-me com uma infâmia e uma obscenidade – segundo o seu costume, de resto.

Ah! como me senti humilhado, sujo, nesse instante – que difícil me foi suster a minha raiva e não o esbofetear, estender-lhe amavelmente a mão, na noite seguinte, ao encontrá-lo em casa do poeta...

Estas diligências torpes, porém, foram vantajosas para mim. Com efeito se, durante elas, não averiguara coisa alguma – concluíra pelo menos isto: que ninguém se admirava do que eu me admirava; que ninguém notara o que eu tinha notado. Pois todos me ouviram como se nada de propriamente estranho, de misterioso, houvesse no assunto sobre o qual as minhas perguntas recaíam – apenas como se fosse indelicado, *como se fosse estranho da minha parte tocar nesse assunto*. Isto é: ninguém me compreendera... E assim me cheguei a convencer de que eu próprio não teria razão...

De novo, por algum tempo, as ideias se me desanuviaram[88]; de novo, serenamente, me pude sentar junto de Marta.

* * *

Mas ai, foi bem curto este período tranquilo.

De todos os conhecidos do artista, só um eu não ousara abordar, tamanha antipatia ele me inspirava – Sérgio Warginsky.

Ora uma noite, por acaso, encontramo-nos no Tavares. Não houve pretexto para que não jantássemos à mesma mesa...

...E de súbito, no meio da conversa, muito naturalmente, o russo exclamou, aludindo a Ricardo e à sua companheira:

– Encantadores aqueles nossos amigos, não é verdade? E que amáveis... Já conhecia o poeta em Paris. Mas, a bem dizer, as nossas relações datam de há dois anos, quando fomos companheiros de jornada... Eu tomara em Biarritz o *sud-express* para Lisboa. Eles faziam viagem no mesmo trem, e desde então...

---

88. desanuviar – dispersar; dissipar.

IX

Atordoaram-me, positivamente me atordoaram, as palavras do russo. Pois seria possível? *Ricardo trouxera-a de Paris?*... Mas como não a conhecera eu, sendo assim? Acaso não o teria acompanhado à gare do Quai d'Orsay? Fora verdade, fora, não o acompanhara – lembrei-me de súbito. Estava doente, com um fortíssimo ataque de gripe... E ele... Não; era impossível... não podia ser...

Mas logo, procurando melhor nas minhas reminiscências, me ocorreram pela primeira vez, nitidamente me ocorreram, certos detalhes obscuros que se prendiam com o regresso do artista a Portugal.

Ele amava tanto Paris... e decidira regressar a Portugal... *Declarara-mo, e eu não me tinha admirado* – não tinha admirado como se houvesse uma razão que justificasse, que exigisse esse regresso.

Ai, como me arrependia hoje de, com efeito, o não ter acompanhado à estação, embora o meu incômodo, e talvez ainda outro motivo, que eu depois esquecera. Entretanto recordava-me de que, apesar da minha febre, das minhas violentas dores de garganta, estivera prestes a erguer-me e a ir despedir-me do meu amigo... Porém, em face do um torpor físico que me invadira tudo, deixara-me ficar estendido no leito, imerso numa profunda modorra, *numa estranha modorra de penumbra...*

Aquela mulher, ah! aquela mulher...
Quem seria... quem seria?... Como sucedera *tudo aquilo?*...
E só então me lembrei distintamente da carta do poeta pela qual se me afigurava ter sabido do seu enlace: a verdade era que, de forma alguma, ele me participava um casamento nessa carta; nem sequer de longe aludia a esse ato – falava-me apenas das "transformações da sua vida", do seu lar, e tinha frases como esta que me bailava em letras de fogo diante dos olhos: "agora, que vive alguém a meu lado; que enfim de tudo quanto derroquei sempre se ergueu alguma coisa..."

E, fato extraordinário, notava eu hoje: ele referia-se a tudo isso como se se tratasse de episódios que eu já conhecesse, sendo por conseguinte inútil narrá-los, só comentando-os...

Mas havia outra circunstância, ainda mais bizarra: é que, pela minha parte, eu não me admirara, como se efetivamente já tivesse conhecido *tudo isso*, que, porém, olvidara[89] por completo, e que a sua carta agora, vagamente, me vinha recordar...

Sim, sim: nem me admirara, nem lhe falara do meu esquecimento, nem lhe fizera perguntas – não pensara sequer em lhas fazer, *não pensara em coisa alguma.*

---

89. olvidar – esquecer.

42

* * *

Mais do que nunca o mistério subsistia pois; entretanto divergido para outra direção. Isto é: a ideia fixa que ele me enclavinhava no espírito alterara--se essencialmente.

Outrora o mistério apenas me obcecava como mistério: evidenciando-se, também, a minha alma se desensombraria. Era ele só a minha angústia. E hoje – meu Deus! – a tortura volvera-se em quebranto; o segredo que velava a minha desconhecida só me atraía hoje, só me embriagava de champanhe – era a beleza única da minha existência.

Daí por diante seria eu próprio a esforçar-me por que ele permanecesse, impedindo que luz alguma o viesse iluminar. E quando desabasse, a minha dor seria infinita. Mais: se ele soçobrasse, apesar de tudo, numa ilusão, talvez eu ainda o fizesse prosseguir!

O meu espírito adaptara-se ao mistério – e esse mistério ia ser a armadura, a chama e o rastro de ouro da minha vida...

Isso, entretanto, não o avistei imediatamente; levou-me muitas semanas o aprendê-lo – e, ao descobri-lo, recuei horrorizado. Tive medo; um grande medo... O mistério era essa mulher. Eu só amava o mistério...

...Eu amava essa mulher! Eu queria-a! eu queria-a!

Meu Deus, como sangrei...

O espírito fendera-se-me numa oscilação temível; um arrepio contínuo me varava a carne ziguezagueantemente. Não dormia, nem sequer sonhava. Tudo eram linhas quebradas em meu redor, manchas de luz podre, ruídos dissonantes[90]...

Foi então que num ímpeto de vontade, bem decidido, comecei a procurar com toda a lucidez a força de salvar o precipício que estava já bem perto, na minha carreira... Logo a encontrei. O que me impelia para essa mulher fazendo-ma ansiar esbraseadamente, não era a sua alma, não era a sua beleza – era só isto: o seu mistério. Derrubado o segredo, esvair-se-ia o encantamento: eu poderia caminhar bem seguro.

Assim determinei abrir-me inteiramente com Ricardo, dizer-lhe as minhas angústias, e suplicar-lhe que me contasse tudo, tudo, que pusesse termo ao mistério, que preenchesse os espaços vazios da minha memória.

Mas foi-me impossível levar a cabo tal resolução. Desfaleci adivinhando que sofreria muito mais, muito mais fanadamente, extinto o sortilégio, de que enquanto ele me diluísse.

Quis ter porém outra coragem: a de fugir.

Desapareci durante uma semana fechado em minha casa, sem fazer coisa alguma, passeando todo o dia à roda do meu quarto. Os bilhetes do meu amigo principiaram chovendo, e como nunca lhe respondesse, uma tarde ele próprio me veio procurar. Disseram-lhe que eu não estava, mas Ricardo, sem ouvir, precipitou-se no meu quarto a gritar-me:

---

90. dissonantes – que soam mal.

— Homem! que diabo significa isto? Pousas ao neurastênico[91], à última hora? Vamos, faz-me o favor de te vestir e de me acompanhares imediatamente a minha casa.

Não soube articular uma razão, uma escusa. Apenas sorri volvendo:

— Não faças caso. São as minhas esquisitices...

E, no mesmo instante, decidi não fugir mais do precipício; entregar-me à corrente — deixar-me ir até onde ela me levasse. *Com esta resolução voltou-me toda a lucidez.*

Acompanhei Ricardo. Ao jantar falou-se só da minha "madureza" e o primeiro a blagueá-la fui eu próprio.

Marta estava linda essa noite. Vestia uma blusa negra de crepe-da-china, amplamente decotada. A saia, muito cingida, deixava pressentir a linha escultural das pernas, que uns sapatos muito abertos mostravam quase nuas, revestidas por meias de fios metálicos, entrecruzados em largos losangos por onde a carne surgia...

E pela primeira vez, ao jantar, me sentei a seu lado, pois o artista recusou o seu lugar do costume pretextando uma corrente de ar...

X

O que foram as duas semanas que sucederam a esta noite, não sei. Entanto a minha lucidez continuava. Nenhuma ideia estranha feria o meu espírito, nenhuma hesitação, nenhum remorso... E contudo sabia-me arrastado, deliciosamente arrastado, em uma nuvem de luz que me encerrava todo e me aturdia os sentidos — mas não deixava ver, embora eu tivesse a certeza de que eles me existiam bem lúcidos. *Era como se houvesse guardado o meu espírito numa gaveta...*

Foi duas noites após o meu regresso que as suas mãos, naturalmente, pela primeira vez, encontraram as minhas...

Ah! como as horas que passávamos solitários eram hoje magentas... As nossas palavras tinham-se volvido — pelo menos julgo que se tinham volvido — frases sem nexo, sob as quais ocultávamos aquilo que sentíamos e não queríamos ainda desvendar, não por qualquer receio, mas sim, unicamente, num desejo perverso de sensualidade.

Tanto que uma noite, sem me dizer coisa alguma, ela pegou nos meus dedos e com eles acariciou as pontas dos seios — a acerá-las, para que enfolassem agrestemente o tecido ruivo do quimono de seda.

---

91. neurastênico — sem força de vontade; depressivo.

E cada noite era uma nova voluptuosidade silenciosa.

Assim, ora nos beijávamos os dentes, ora ela me estendia os pés descalços para que lhos roesse – me soltava os cabelos; me dava a trincar o seu sexo maquilado, o seu ventre obsceno de tatuagens roxas... E só depois de tantos requintes de brasa, de tantos êxtases perdidos – sem forças para prolongarmos mais as nossas perversões – nos possuíamos realmente.

Foi uma tarde triste, chuvosa e negra de fevereiro. Eram quatro horas. Eu sonhava dela quando, de súbito, a encantadora surgiu na minha frente...
Tive um grito de surpresa. Marta, porém, logo me fez calar com um beijo mordido...
Era a primeira vez que vinha a minha casa, e eu admirava-me, receoso da sua audácia. Mas não lho podia dizer: ela mordia-me sempre...

Por fim os nossos corpos embaralharam-se, oscilaram perdidos numa ânsia ruiva...
...E em verdade não fui eu que a possuí – ela, toda nua, ela sim, é que me possuiu...
À noite, como de costume, jantei em casa de Ricardo.

Muito curiosa a disposição do meu espírito; nem o mínimo remorso, o mínimo constrangimento – nuvem alguma. Pelo contrário, há muito me não via tão bem disposto. O próprio meu amigo o observou.

Falamos os dois largamente essa noite, coisa que há bastante não acontecia. Ricardo terminara enfim nessa tarde o seu volume. Por isso nos não deixou...
...E no meio da sua conversa íntima, eu esquecera até o episódio dourado. Olhando em redor de mim nem mesmo me ocorria que Marta estava seguramente perto de nós...

* * *

Na manhã seguinte, ao acordar, lembrei-me de que o poeta me dissera esta estranha coisa:
– Sabe você, Lúcio, que tive hoje uma bizarra alucinação? Foi à tarde. Deviam ser quatro horas... Escrevera o meu último verso. Saí do escritório. Dirigi-me para o meu quarto... Por acaso olhei para o espelho do guarda-vestidos e *não me vi refletido nele!* Era verdade! Via tudo em redor de mim, via tudo quanto me cercava projetado no espelho. *Só não via a minha imagem...* Ah! não calcula o meu espanto... a sensação misteriosa que me varou... Mas quer saber? Não foi uma sensação de pavor, foi uma *sensação de orgulho.*

Porém, refletindo melhor, descobri que em realidade o meu amigo me não dissera nada disto. Apenas eu – numa reminiscência muito complicada e muito estranha – me lembrava, não de que verdadeiramente ele mo tivesse dito, mas de que, entretanto, mo devera ter dito.

45

XI

A nossa ligação, sem uma sombra, foi prosseguindo. Ah! como eu, ascendido, me orgulhava do meu amor... Vivia em sortilégio, no contínuo deslumbramento de uma apoteose branca de carne... Que delírios estrebuchavam os nossos corpos doidos... como eu me sentia pouca coisa quando ela se atravessava sobre mim, iriada e sombria, toda nua e litúrgica...
Caminhava sempre aturdido do seu encanto – do meu triunfo. Eu tinha-a! Eu tinha-a!... E erguia-se tão longe o meu entusiasmo, era tamanha a minha ânsia que às vezes – como os amorosos baratos escrevem nas suas cartas romanescas e patetas – eu não podia crer na minha glória, chegava a recear que tudo aquilo fosse apenas um sonho.

* * *

A minha convivência com Ricardo seguia sempre a mesma, e o meu afeto. Nem me arrependia, nem me condenava. De resto, antevendo-me em todas as situações, já anteriormente me supusera nas minhas circunstâncias atuais, adquirindo a certeza de que seria assim[92].

Com efeito, segundo o meu sentir, eu não prejudicava o meu amigo em coisa alguma, não lhe fazia doer – ele não descera coisa alguma na minha estima.

Nunca tive a noção convencional de certas ofensas, de certos escrúpulos. De nenhum modo procedia pois contra ele; transpondo-me, não me sabia indignar com o que lhe tinha feito.

Aliás, ainda que o meu procedimento fosse na verdade um crime, eu não praticava esse crime por mal, criminosamente. Eis pelo que me era impossível ter remorsos.

Se lhe mentia – estimava-o entretanto com o mesmo afeto. Mentir não é menos querer.

* * *

Porém – coisa estranha – este amor pleno, este amor sem remorsos, eu vibrava-o insatisfeito, dolorosamente. Fazia-me sofrer muito, muito. Mas por que, meu Deus? Cruel enigma...

Amava-a, e ela queria-me também, decerto... dava-se-me toda em luz... Que me faltava?

Não tinha súbitos caprichos, recusas súbitas, como as outras amantes. Nem me fugia, nem me torturava... Que me doía então?

---

92. observe que a personagem age impulsionalmente abandonando a razão.

Mistério...
O certo é que ao possuí-la eu era todo medo – medo inquieto e agonia: agonia de ascensão, medo raiado de azul; entanto morte e pavor.

Longe dela, recordando os nossos espasmos, vinham-me de súbito incompreensíveis náuseas. Longe dela?... Mesmo até no momento dourado da posse essas repugnâncias me nasciam a alastrarem-se, não a resumirem-se, a enclavinharem-me os êxtases arfados; e – cúmulo da singularidade – essas repugnâncias eu não sabia, mas adivinhava, serem apenas repugnâncias físicas.

Sim, ao esvaí-la, ao lembrar-me de a ter esvaído[93], subia-me sempre um além-gosto a doença, a monstruosidade, como se possuíra uma criança, um ser de outra espécie ou um cadáver...

Ah! e o seu corpo era um triunfo; o seu corpo glorioso... o seu corpo bêbado de carne – aromático e lustral, evidente... salutar...

* * *

As lutas em que eu hoje tinha de me debater para que ela não suspeitasse as minhas repugnâncias, repugnâncias que – já disse e acentuo – apenas vinham contorcer os meus desejos, aumentá-los...

Elançava-me agora sobre o seu corpo nu, como quem se arremessasse a um abismo encapelado de sombras, tilintante de fogo e gumes de punhais – ou como quem bebesse um veneno sutil de maldição eterna, por uma taça de ouro, heráldica, ancestral...

Cheguei a recear-me, não a fosse um dia estrangular – e o meu cérebro, por vezes de misticismos incoerentes, logo pensou, num rodopio, se essa mulher fantástica não seria apenas um demônio: o demônio da minha expiação, noutra vida a que eu já houvesse baixado.

E as tardes iam passando...

* * *

Por mais que diligenciasse referir toda a minha tortura à nossa mentira, ao nosso *crime* – não me lograva enganar. Coisa alguma eu lastimava; não podia ter remorsos... Tudo aquilo era quimera!

Volvido[94] tempo, porém, à força de as querer descer, de tanto meditar nestas estranhezas, como que enfim me adaptei a elas. E a tranquilidade regressou-me.

---

93. esvair – esgotar, exaurir.
94. a dúvida entre a lucidez e o sonho são abordados neste momento, pois também são temas surrealistas-modernistas.

47

XII

Mas este novo período de calma bem pouco durou. Em face do mistério não se pode ser calmo – e eu depressa me lembrei de que ainda não sabia coisa alguma dessa mulher que todas as tardes emaranhava.

Nas suas conversas mais íntimas, nos seus amplexos mais doidos, ela era sempre a mesma esfinge. Nem uma vez se abrira comigo numa confidência – e continuava a ser a que não tinha uma recordação.

Depois, olhando melhor, nem era só do seu passado que eu ignorava tudo – também duvidava do seu presente. Que faria Marta durante as horas que não vivíamos juntos? Era extraordinário! Nunca me falara delas; nem para me contar o mais pequenino episódio – qualquer desses episódios fúteis que todas as mulheres, que todos nós nos apressamos a narrar, narramos maquinalmente, ainda os mais reservados... Sim, em verdade, era como se não vivesse quando estava longe de mim.

Passou-me esta ideia pelo espírito, e logo encontrei outro fato muito estranho:

Marta parecia não viver quando estava longe de mim. Pois bem, pela minha parte, quando a não tinha ao meu lado, coisa alguma me restava que, materialmente, me pudesse provar a sua existência: nem uma carta, um véu, uma flor seca – nem retratos, nem madeixas. Apenas o seu perfume, que ela deixava penetrante no meu leito, que bailava sutil em minha volta. Mas um perfume é uma irrealidade. Por isso, como outrora, descia-me a mesma ânsia de a ver, de a ter junto de mim para estar bem certo de que, pelo menos, *ela existia*.

Evocando-a, nunca a lograra entrever. As suas feições escapavam-me como nos fogem as das personagens dos sonhos. E, às vezes, querendo-as recordar por força, as únicas que conseguia suscitar em imagem eram as de Ricardo. Decerto por ser o artista quem vivia mais perto dela.

Ah! bem forte, sem dúvida, o meu espírito, para resistir ao turbilhão que o silvava...

(Entre parênteses observe-se, porém, que estas obsessões reais que descrevo nunca foram contínuas no meu espírito. Durante semanas desapareciam por completo e, mesmo nos períodos em que me varavam, tinham fluxos e refluxos.)

Juntamente com o que deixo exposto, e era o mais frisante das minhas torturas, outras pequeninas coisas, traiçoeiras ninharias, me vinham fustigar. Coloca-se até aqui um episódio curioso que, embora sem grande importância, é conveniente referir:

Apesar de grandes amigos e de íntimos amigos, eu e Ricardo não nos tratávamos por tu, devido com certeza à nossa intimidade ter principiado relativamente tarde – não sermos companheiros de infância. De resto, nunca sequer atentáramos no fato.

Ora, por esta época, eu encontrei-me por vezes de súbito a tratar o meu amigo por tu. E quando o fazia, logo me emendava, *corando como se viesse de praticar uma imprudência*. E isto repetia-se tão amiudadamente que o poeta uma noite me observou com a maior naturalidade:

– Homem, escusas de ficar todo atrapalhado, titubeante[95], vermelho como uma malagueta, quando te enganas e me tratas por tu. Isso é ridículo entre nós. E olha, fica combinado: de hoje em diante acabou-se o "você". Viva o "tu"! É muito mais natural...[96]

E assim se fez. Contudo, nos primeiros dias, eu não soube retrair um certo embaraço ao empregar o novo tratamento – *tratamento que me fora permitido*.

Ricardo, virando-se para Marta, mais de uma vez me troçou, dizendo-lhe:

– Este Lúcio sempre tem cada esquisitice... Não vês? Parece uma noiva lirial... uma pombinha sem fel... Que marocas!...

Entretanto este meu embaraço tinha um motivo – complicado esse, por sinal: Nas nossas entrevistas íntimas, nos nossos amplexos, eu e Marta tratávamo-nos por tu.

Ora, sabendo-me muito distraído, eu receava que alguma vez, em frente de Ricardo, me enganasse e a fosse tratar assim.

Este receio converteu-se por último numa ideia fixa, e por isso mesmo, por esse excesso de atenção, comecei um dia a ter súbitos descuidos. *Porém, dessas vezes, eu encontrava-me sempre a tratar por tu, não Marta, mas Ricardo.*

E embora depois tivéssemos assentado usar esse tratamento, o meu embaraço continuou durante alguns dias como se ingenuamente, confiadamente, Ricardo houvesse exigido que eu e a sua companheira nos tratássemos por tu.

XIII

As minhas entrevistas amorosas com Marta realizavam-se sempre em minha casa, à tarde.

Com efeito ela nunca se me quisera entregar em sua casa. Em sua casa apenas me dava os lábios a morder e consentia vícios prateados.

---

95. titubear – vacilar; hesitar.
96. nesta época, quando se referia à uma pessoa de maneira formal, usava-se "você". "Tu" era usado entre pessoas íntimas.

Eu admirava-me até muito da facilidade evidente que ela tinha em se encontrar comigo todas as tardes à mesma hora, em se demorar largo tempo. Uma vez recomendei-lhe prudência. Ela riu. Pedi-lhe explicações: como não eram estranhadas as suas longas ausências, como me chegava sempre tranquila, caminhando pelas ruas desassombradamente, nunca se preocupando com as horas... E ela então soltou uma gargalhada, mordeu-me a boca... fugiu...

Nunca mais a interroguei sobre tal assunto. Seria mau gosto insistir.

Entretanto fora mais um segredo que se viera juntar à minha obsessão, a excitá-la...

De resto, as imprudências de Marta não conheciam limites.

Em sua casa beijava-me com as portas todas abertas, sem se lembrar de que qualquer criado nos poderia descobrir – ou mesmo o próprio Ricardo, que muitas vezes, de súbito, saía do seu gabinete de trabalho. Sim, ela nunca tinha desses receios. Era como se tal nos não pudesse acontecer – tal como se nós nos não beijássemos...

* * *

Aliás, se havia alguém bem confiante, era o poeta. Bastava olhá-lo para logo se ver que nenhuma preocupação o torturava. Nunca o vira tão satisfeito, tão bem disposto.

Um vago ar de tristeza, de amargura, que após o seu casamento ainda de vez em quando o anuviava, esse mesmo desaparecera hoje por completo – como se, com o decorrer dos dias, ele já tivesse esquecido o acontecimento cuja lembrança lhe suscitava aquela ligeira nuvem.

As suas antigas complicações de alma, essas, mal eu chegara a Lisboa logo ele me disse que já não o desolavam – pois que, nesse sentido, a sua vida se *limpara*.

E – fato curioso – justamente depois de Marta ser minha amante é que tinham cessado todas as nuvens, é que eu via melhor a sua boa disposição – o seu orgulho, o seu júbilo, o seu triunfo...

As imprudências de Marta aumentavam agora dia a dia.

Numa audácia louca, nem retinha já certos gestos de ternura a mim dirigidos, na presença do próprio Ricardo!

Todo eu tremia, mas o poeta nunca os estranhava – *nunca os via*; ou, se os via, era só para se rir, para os acompanhar.

Assim, uma tarde de verão, lanchávamos no terraço, quando Marta de súbito – num gesto que, em verdade, se poderia tomar por uma simples brincadeira agarotada – me mandou beijá-la na fronte, em castigo de qualquer coisa que eu lhe dissera.

Hesitei, fiz-me muito vermelho; mas como Ricardo insistisse, curvei-me trêmulo de medo, estendi os lábios mal os pousando na pele...

E Marta:
— Que beijo tão desengraçado! Parece impossível que ainda não saiba dar um beijo... Não tem vergonha? Anda, Ricardo, ensina-o tu...

Rindo, o meu amigo ergueu-se, avançou para mim... tomou-me o rosto... beijou-me...

O beijo de Ricardo fora igual, exatamente igual, tivera a mesma cor, a mesma perturbação que os beijos da minha amante. Eu sentira-o da mesma maneira[97].

XIV

Mais e mais a minha tortura se exacerbava cada noite. E embora visse claramente que todo o meu sofrimento, todos os meus receios provinham só de obsessões destrambelhadas e que, portanto, motivo algum havia para eu os ter – o certo é que, pelo menos, uma certeza lúcida me restava pressentida: fosse como fosse, havia em todo o caso um motivo real no arrepio de medo que me varava a todo o instante. Seriam destrambelhadas as minhas obsessões – ah! mas eram justos, no fundo, os meus receios.

* * *

Os nossos encontros prosseguiam sempre todas as tardes em minha casa, e eu hoje esperava, tremendo, a hora dos nossos amplexos[98]. Tremendo e, ao mesmo tempo, a ansiar numa agonia aquilo que me fazia tremer.

Esquecera as minhas repugnâncias; o que me oscilava agora era outra dúvida: apesar de os nossos corpos se emaranharem, se incrustarem, de ela ter sido minha, toda minha – começou a parecer-me, não sei por que, que nunca a possuíra inteiramente; mesmo que não era possível possuir aquele corpo inteiramente por uma impossibilidade física qualquer: *assim como se ela fosse do meu sexo!*

E ao penetrar-me esta ideia alucinadora, eu lembrava-me sempre de que o beijo de Ricardo, esse beijo masculino, me soubera às mordeduras de Marta; tivera a mesma cor, a mesma perturbação.

---

97. pode-se desconfiar que Marta e Ricardo são a mesma pessoa e que Lúcio na verdade é homossexual.
98. amplexos – abraços.

Passaram-se alguns meses.

Entre períodos mais ou menos tranquilos, o tempo ia agora seguindo. Eu olvidava a minha inquietação, o meu mistério, elaborando um novo volume de novelas – o último que devia escrever...

Meus tristes sonhos, meus grandes cadernos de projetos – acumulei-vos... acumulei-vos numa ascensão, e por fim tudo ruiu em destroços... Etéreo construtor de torres que nunca se erguem, de catedrais que nunca se sagraram... Pobres torres de luar... pobres catedrais de neblina...

Por este tempo, houve também uma época muito interessante na minha crise que não quero deixar de mencionar: durante ela eu pensava muito no meu caso, mas sem de forma alguma me atribular – friamente, desinteressadamente, como se esse caso se não desse comigo.

E punha-me sobretudo a percorrer o começo da nossa ligação. De que modo se iniciara ela? Mistério... Sim, por muito estranho que pareça, a verdade é que eu me esquecera de todos os pequenos episódios que a deviam forçosamente ter antecedido. Pois decerto não começáramos logo por beijos, por carícias viciosas – houvera sem dúvida qualquer coisa antes, que hoje não me podia recordar.

E o meu esquecimento era tão grande que, a bem dizer, eu não tinha a sensação de haver esquecido esses episódios: parecia-me impossível recordá--los, como impossível é recordarmo-nos de coisas que nunca sucederam...

Mas estas bizarrias não me dilaceravam, repito: durante esta época eu examinei-me sempre de fora, num deslumbramento – num deslumbramento lúcido, donde provinha o meu alívio atual.

E só me lembrava – conforme narrei – do primeiro encontro das nossas mãos, do nosso primeiro beijo... Nem de tanto, sequer. A verdade simples era esta: eu sabia apenas que devera ter havido seguramente um primeiro encontro de mãos, uma primeira mordedura nas bocas... como em todos os romances...

Quando a saudade desse primeiro beijo me acudia mais nítida – ele surgia-me sempre como se fora a coisa mais natural, a menos criminosa, ainda que dado na boca... Na boca? Mas é que eu nem mesmo disso estava seguro. Pelo contrário: era até muito possível que esse beijo mo tivessem dado na face – como o beijo de Ricardo, *o beijo semelhante aos de Marta*...

Meu Deus, meu Deus, quem me diria entretanto que estava ainda a meio do meu calvário, que tudo o que eu já sofrera nada valeria em face de uma nova tortura – ai, desta vez, tortura bem real, não simples obsessão...

Com efeito um dia comecei observando uma certa mudança na atitude de Marta – nos seus gestos, no seu rosto: um vago constrangimento, um alheamento singular, devidos sem dúvida a qualquer preocupação. Ao mesmo tempo reparei que já não se me entregava com a mesma intensidade.

Demorava-se agora menos em minha casa e uma tarde, pela primeira vez, faltou. No dia seguinte não aludiu à sua ausência, nem eu tampouco me atrevi a perguntar-lhe coisa alguma.

Entretanto notei que a expressão do seu rosto mudara ainda: voltara a serenidade melancólica do seu rosto – mas essa serenidade era hoje diferente: mais loira, mais sensual, mais esbatida...

E, desde aí, principiou a não me aparecer amiudadas vezes – ou chegando fora das horas habituais, entrando e logo saindo, sem se me entregar.

De maneira que eu vivia agora num martírio incessante. Cada dia que se levantava, era cheio de medo de que ela me faltasse. E desde a manhã a esperava, fechado em casa, numa excitação indomável que me quebrava, que me ardia.

Por seu lado, Marta nunca tinha pensado em justificar-me as suas ausências, as suas recusas. E eu, embora o quisesse, ardentemente o quisesse, não lhe ousava fazer a mais ligeira pergunta.

De resto, devo explicar que, desde o início da nossa ligação, terminara a nossa intimidade. Com efeito, desde que Marta fora minha – eu olhava-a como se olha alguém que nos é muito superior e a quem tudo devemos. Recebera o seu amor como uma esmola de rainha – como aquilo que menos poderia esperar, como uma impossibilidade.

Eis pelo que não arriscava uma palavra.

Eu era apenas o seu escravo – um escravo a quem se prostituíra a patrícia debochada... Mas, por ser assim, tanto mais contorcida se enclavinhava a minha angústia.

Uma tarde decidi-me.

Passara há muito a hora depois da qual Marta nunca vinha.

– Ah! que faria nesse instante! Por que não viera!?...

Fosse como fosse, era preciso saber alguma coisa!

Já mais de uma vez, quando ela me faltava, eu estivera prestes a ir procurá--la. Mas nunca ousara sair do meu quarto, no receio pueril de que – embora muito tarde – ainda aparecesse.

Nesse dia, porém, pude-me vencer. Decidi-me...

Corri à casa do meu amigo numa ânsia esbraseada...

Fui encontrá-lo no seu gabinete de trabalho, entre uma avalancha de papéis, fazendo uma escolha dos seus versos inéditos para uma distribuição em dois volumes – distribuição que há mais de um ano o torturava.

– Ainda bem que apareceste! – gritou-me. – Vais-me ajudar nesta horrível tarefa!...

Volvi-lhe balbuciando, sem me atrever a perguntar pela sua companheira, motivo único da minha inesperada visita... Estaria em casa? Era pouco provável. Entanto podia ser...

Só a vi ao jantar. Tinha um vestido-*tailleur*, de passeio...

Agora todas as minhas obsessões se haviam dissipado, convertidas em ciúme – ciúme que eu ocultava à minha amante como uma vergonha, que fazia por ocultar a mim próprio, tentando substituí-lo pelos meus antigos desvairos. Mas sempre embalde.

Contudo nunca passavam três dias seguidos sem que Marta me pertencesse.

O horror físico que o seu corpo já me suscitara tinha voltado de novo.

Esse horror, porém, e o ciúme mais me faziam desejá-la, mais alastravam em cores fulvas os meus espasmos.

* * *

Muitas vezes repeti a experiência de correr a sua casa nas tardes em que ela não vinha. Mas sempre encontrava Ricardo. Marta não aparecia senão ao jantar... E eu, na minha incrível timidez, nunca perguntava por ela – esquecia-me mesmo de o fazer, como se não fosse para isso só que viera procurar o meu amigo àquela hora...

Porém, um dia o poeta admirou-se das minhas visitas intempestivas, do ar febril com que eu chegava e, desde então, nunca mais ousei repetir essas experiências, aliás inúteis.

Decidi espioná-la.

Uma tarde tomei um *coupé* e, descidas as cortinas, mandei-o parar perto de sua casa... Esperei algum tempo. Por fim ela saiu. Ordenei ao cocheiro que a seguisse a distância...

Marta tomou por uma rua transversal, dobrou à esquerda, enveredou por uma avenida paralela àquela em que habitava e onde as construções eram ainda raras. Dirigiu-se a um pequeno prédio de azulejos verdes. Entrou sem bater...

Ah! como eu sofria! como eu sofria!... Fora buscar a prova evidente de que ela tinha outro amante... Louco que eu era em a ter ido procurar... Hoje, nem mesmo que quisesse, me poderia já iludir...

E como eu me enganara outrora pensando que não seria sensível à traição carnal de uma minha amante, que pouco me faria que ela pertencesse a outros...

* * *

Começou então a última tortura...

Num grande esforço baldado, procurei ainda olvidar-me do que descobrira – esconder a cabeça debaixo dos lençóis como as crianças, com medo dos ladrões, nas noites de inverno.

Ao entrelaçá-la, hoje, debatia-me em êxtases tão profundos, mordia-a tão sofregamente, que ela uma vez se me queixou.

Com efeito, sabê-la possuída por outro amante – se me fazia sofrer na alma, só me excitava, só me contorcia nos desejos...

Sim! sim! – laivos de roxidão! – aquele corpo esplêndido, triunfal, dava-se a três homens – três machos se estiraçavam sobre ele, a poluí-lo, a sugá-lo!... Três? Quem sabia se uma multidão?... E ao mesmo tempo que esta ideia me despedaçava, vinha-me um desejo perverso de que assim fosse...

Ao estrebuchá-la agora, em verdade, era como se, em beijos monstruosos, eu possuísse também todos os corpos masculinos que resvalavam pelo seu.

A minha ânsia convertera-se em achar na sua carne uma mordedura, uma escoriação de amor, qualquer rastro de outro amante...

E um dia de triunfo, finalmente, descobri-lhe no seio esquerdo uma grande nódoa negra... Num ímpeto, numa fúria, colei a minha boca a essa mancha – chupando-a, trincando-a, dilacerando-a...
Marta, porém, não gritou. Era muito natural que gritasse com a minha violência, pois a boca ficara-me até sabendo a sangue. Mas o certo é que não teve um queixume. Nem mesmo parecera notar essa carícia brutal...
De modo que, depois de ela sair, eu não pude recordar-me do meu beijo de fogo – foi-me impossível relembrá-lo numa estranha dúvida...
Ai, quanto eu não daria por conhecer o seu outro amante... os seus outros amantes...
Se ela me contasse os seus amores livremente, sinceramente, se eu não ignorasse as suas horas – todo o meu ciúme desapareceria, não teria razão de existir.
Com efeito, se ela não se ocultasse de mim, *se apenas se ocultasse dos outros*, eu seria o primeiro. Logo, só me poderia envaidecer; de forma alguma me poderia revoltar em orgulho. Porque a verdade era essa, atingira: todo o meu sofrimento provinha apenas do meu orgulho ferido.
Não, não me enganara outrora, ao pensar que nada me angustiaria por a minha amante se entregar a outros. Unicamente era necessário que ela me contasse os seus amores, os seus espasmos até.
O meu orgulho só não admitia segredos. E em Marta era tudo mistério. Daí a minha angústia – *daí o meu ciúme*.
Muita vez – julgo diligenciei fazer-lhe compreender isto mesmo, evidenciar-lhe a minha forma de sentir, a ver se provocava uma confissão inteira da sua parte, cessando assim o meu martírio. Ela, porém, ou nunca me percebeu, ou era resumido o seu afeto para tamanha prova de amor.

* * *

Se em face do meu ciúme todas as outras obsessões haviam soçobrado, restavam-me ainda – como já disse – as minhas repugnâncias incompreensíveis.
E procurando de novo aclará-las a mim próprio, assaltou-me de súbito este receio: *seriam elas originadas pelo outro amante?*
Eu me explico:
Tive sempre grandes antipatias físicas, meramente exteriores. Lembro-me por exemplo de que, em Paris, a um restaurante onde todas as noites jantava com Gervásio Vila-Nova ia algumas vezes uma rapariga italiana, deveras graciosa – modelo sem dúvida –, que muito me enternecia, que eu cheguei quase a desejar.
Mas em breve tudo isso passou.
É que a vira um domingo caminhando de mãos dadas com certo indivíduo que eu abominava com o maior dos tédios, e que já conhecia de o encontrar todas as tardes jogando as cartas num café burguês da Praça S. Michel. Era escarradamente o que as damas de quarenta anos e as criadas de

servir chamam um *lindo rapaz*. Muito branco, rosadinho e loiro, bigodito bem frisado, o cabelo encaracolado; uns olhos pestanudos, uma boca pequenina – meiguinho, todo esculpido em manteiga; oleoso nos seus modos, nos seus gestos. Caixeiro de loja de modas – ah! não podia deixar de ser!... Embirrava de tal forma com semelhante criatura açucarada, que nunca mais tinha voltado ao café provinciano da Praça S. Michel. Com efeito era-me impossível sofrer a sua presença. Dava-me sempre vontade de vomitar em face dele, na mesma náusea que me provocaria uma mistura de toucinho rançoso, enxúndia de galinha, mel, leite e erva-doce...

Ao encontrá-lo – o que não era raro – eu não sabia nunca evitar um gesto de impaciência. Uma manhã por sinal nem almocei, pois, abancando num restaurante que não frequentava habitualmente, o alambicado personagem tivera a desfaçatez de se vir sentar diante de mim, na mesma mesa... Ah! que desejo enorme me afogueou de o esbofetear, de lhe esmurrar o narizinho num chuveiro de murros... Mas contive-me. Paguei e fugi.

Ora encontrar essa pequena galante de mãos dadas com tamanho imbecil – fora o mesmo do que a ver tombar morta a meus pés. Ela não deixara de ser um amor – é claro – mas eu é que nunca mais a poderia sequer aproximar. Sujara-a para sempre o homenzinho loiro, engordurara-a. E se eu a beijasse, logo me ocorreria a sua lembrança amanteigada, vir-me-ia um gosto úmido a saliva, a coisas peganhentas e viscosas. Possuí-la, então, seria o mesmo que banhar-me num mar sujo, de espumas amarelas, onde boiassem palhas, pedaços de cortiça e cascas de melões...

Pois bem: e se as minhas repugnâncias em face do corpo admirável de Marta tivessem a mesma origem? Se esse amante que eu ignorava fosse alguém que me inspirasse um grande nojo?... Podia muito bem ser assim, num pressentimento, tanto mais que – já o confessei –, ao possuí-la, eu tinha a sensação monstruosa de possuir também o corpo masculino desse amante.

Mas a verdade é que, no fundo, eu estava quase certo de que me enganava ainda; de que era homem bem diferente, bem mais complicada a razão das minhas repugnâncias misteriosas. Ou melhor: que mesmo que eu, se o conhecesse, antipatizasse com o seu amante, não seria esse o motivo das minhas náuseas.

Com efeito a sua carne de forma alguma me repugnava numa sensação de enjoo – a sua carne só me repugnava numa sensação de monstruosidade, *de desconhecido*: eu tinha nojo do seu corpo como sempre tive nojo dos epiléticos, dos loucos, dos feiticeiros, dos iluminados, dos reis, dos papas – da gente que o mistério grifou...

* * *

Numa derradeira vontade tentei ainda provocar uma explicação com Marta – descrever-lhe sinceramente todo o meu martírio, ou, pelo menos, insultá-la. Enfim, pôr um termo qualquer à minha situação infernal.

Mas não o consegui nunca. Quando ia a dizer-lhe a primeira palavra, via os seus olhos de infinito... o seu olhar fascinava-me. E como um *medium* no estado hipnótico eram outras as frases que eu proferia – talvez só as que ela me obrigava a pronunciar.

* * *

Então resolvi, pelo menos, saber de qualquer forma quem era o habitante do prediozinho verde. Repugnavam-me muito as diligências suspeitas, mas não descera eu já a seguir Marta?

Assim, enchi-me de arrojo e determinei ir perguntar pelas cercanias informações sobre o que eu desejava averiguar, mesmo em último caso ao porteiro – se é que o prédio tinha guarda-portão.

Escolhi a manhã de um domingo para as minhas investigações, dia em que eu e Marta só nos encontrávamos em casa do poeta, que todas as tardes de domingo nos levava a passear no seu automóvel, o qual então – estávamos em 1899 – fazia grande sucesso em Lisboa.

Porém, ao dobrar a rua transversal que levava à avenida onde era o prédio misterioso, tive um gesto de despeito: Ricardo caminhava na minha frente. Não me pude esconder. Ele virou-me já, não sei como:

– Hem? Tu por aqui a estas horas?... – gritou admirado.

Reuni as minhas forças para balbuciar:

– É verdade... Ia a tua casa... Mas lembrei-me de ver estas ruas novas... Ando tão aborrecido...

– Do calor?

– Não... E tu próprio... diz-me... Nunca costumas sair de manhã... sobretudo aos domingos...

– Ah! uma madureza como outra qualquer. Concluí agora mesmo uns versos. E na ânsia de os ler a alguém, ia a casa do Sérgio Warginsky para lhos mostrar... É aqui perto... Anda comigo... Fazemos horas para o almoço...

A estas palavras todo eu tremi num arrepio. Silencioso, pus-me a acompanhá-lo, maquinalmente.

O artista quebrou o silêncio:

– Então, e a tua peça?

– Terminei-a a semana passada.

– O quê!? Mas ainda não me tinhas dito coisa alguma!...

Desculpei-me, murmurando:

– É que me esqueci, talvez...

– Homem! tens cada resposta que não lembra ao diabo!... – recordo-me perfeitamente de que ele exclamara, rindo. E prosseguiu:

– Mas conta-me depressa... Estás satisfeito com a tua obra?... Como resolveste afinal aquela dificuldade do segundo ato? O escultor sempre morre?...

E eu:
— Resolve-se tudo muito bem. O escultor...
Chegáramos defronte do prediozinho verde. Interrompi-me de súbito...
Não! não era ilusão: em face de nós, no outro passeio, Marta sempre nos seus passos leves, indecisos mas rápidos, silenciosos — sem nos ver, sem reparar em redor de si, dirigia-se ao prédio misterioso, batia à porta desta vez, entrava...
E, ao mesmo tempo, apertando-me o braço bruscamente, dizia-me o poeta:
— No fim de contas é um disparate irmos incomodar o russo. O que eu estou é ansioso por conhecer o teu drama. Vamos buscá-lo os dois a tua casa. Quero ouvi-lo esta tarde. Tanto mais que o automóvel precisa conserto. Aquilo, dia sim dia não, é uma peça que se parte...
Vivi todo o resto desse dia como que envolto num denso véu de bruma. Entanto pude ler o meu drama a Ricardo e a Marta. Sim, quando voltamos ao palacete, após termos passado por minha casa, já Marta regressara, *e notei mesmo que já tinha mudado de vestido* — embora contra o seu costume, não vestisse um traje de interior, mas sim uma *toilette* de passeio.
Lembro-me também de que durante toda a leitura da minha peça só tive esta sensação lúcida: que era bizarro como eu, no meu estado de espírito, podia entretanto trabalhar.
De resto, conforme observei, as minhas dores, as minhas angústias, as minhas obsessões eram intermitentes, tinham fluxos e refluxos: como nos dias de revolta social, entre os tiros de canhão e o tiroteio nas praças, a vida diária prossegue — também, no meio da minha tortura, seguia a minha vida intelectual. Por isso mesmo lograra esconder de todos, até hoje, a atribulação do meu espírito.
Mas, juntamente com a ideia lúcida que descrevi, sugerira-se-me durante a leitura outra ideia muito estrambólica. Fora isto: pareceu-me vagamente que eu era o meu drama — a coisa artificial — e o meu drama a realidade.
Um parêntese:
Quem me tiver seguido deve, pelo menos, reconhecer a minha imparcialidade, a minha inteira franqueza. Com efeito, nesta simples exposição da minha inocência, não me poupo nunca a descrever as minhas ideias fixas, os meus aparentes desvairos que, interpretados com estreiteza, poderiam levar a concluir, não pela minha culpabilidade, mas pela minha embustice ou — critério mais estreito — *pela minha loucura*. Sim, pela minha loucura; não receio escrevê-lo. Que isto fique bem frisado, porquanto eu necessito de todo o crédito para o final da minha exposição, tão misterioso e alucinador ele é.

* * *

Ricardo e Marta felicitaram-me muito pela minha obra — creio. Mas não o posso afirmar, em virtude do denso véu de bruma cinzenta que me envolvera, e que só me deixou nítidas as lembranças que já referi.

Jantei com os meus amigos. Despedi-me cedo pretextando um ligeiro incômodo.

Corri para minha casa. Deitei-me logo... Mas antes de adormecer, revendo a cena culminante do dia, observei esta estranha coisa:

Ao pararmos em face do prédio verde, de súbito eu vira Marta avançar distraída até bater à porta... Ora, segundo a direção em que ela me aparecera, era fatal que tinha vindo sempre atrás de nós. Logo, ela devia-me ter visto: *logo eu devia-a ter visto quando* – lembrava-me muito bem – olhara para trás, por sinal em frente de um grande prédio em construção... E ao mesmo tempo – ignoro por que motivo – lembrei-me de que o meu amigo, quando decidira de repente não ir a casa de Warginsky, terminara a sua frase com estas palavras:

– ...o automóvel precisa conserto. Aquilo, dia sim, dia não, é uma peça que se parte...

E eram as únicas palavras de que me lembrava frisantemente – mesmo as únicas que eu estava certo de lhe ter ouvido. Entretanto as únicas que eu não podia admitir que ele tivesse pronunciado...

* * *

Demorei-me ainda largas horas a rever o meu estranho dia. Mas por fim adormeci, levado num sono até alta manhã...

Dois dias depois, sem prevenir ninguém, sem escrever uma palavra a Ricardo, eu tive *finalmente* a coragem de partir...

XV

*A*h! a sensação de alívio que experimentei ao descer enfim na *gare* do Quai d'Orsay: respirava, desenastrara-se-me a alma!...

Com efeito eu sofri sempre as dores morais na minha alma, fisicamente. E a impressão horrível que há muito me debelava era esta: que a minha alma se havia dobrado, contorcido, confundido...

Mas agora, ao ver-me longe de tudo quanto me misturara, essa dor estranha diluíra-se: o meu espírito, sentia-o destrinçado como outrora.

Durante a viagem, pelo contrário, numa ânsia de chegar a Paris, as minhas torturas tinham-se enrubescido. Eu pensava que nunca chegaria a Paris, que era impossível haver triunfado, que sonhava com certeza – ou então que me prenderiam no caminho por engano; que me obrigariam a tornar a Lisboa, que vinham no meu encalço Marta, Ricardo, todos os meus amigos, todos os meus conhecidos...

59

E um calafrio de horror me ziguezagueara ao ver entrar em Biarritz um homem alto e louro, no qual, de súbito, eu julguei reconhecer Sérgio Warginsky. Mas olhando-o melhor – *olhando-o pela primeira vez realmente* – sorri para mim próprio: o desconhecido apenas tinha do conde russo o ser alto e louro...

Entanto agora já não podia duvidar: *vencera*. Atravessara a Praça da Concórdia, monumental e aristocrática, tilintante de luzes...

De novo, ungindo-me de Europa, alastrando-me da sua vibração, se encapelava dentro de mim Paris – *o meu Paris*, o Paris dos meus vinte e três anos...

* * *

E foram então os últimos seis meses da minha vida...

Vivi-os de existência diária, em banalidade, frequentando os cafés, os teatros, os grandes restaurantes...

Nas primeiras semanas – e mesmo depois, numa ou noutra hora – ainda pensei no meu caso, mas nunca embrenhadamente[99].

Afinal – pressentia – tudo aquilo, no fundo, era talvez bem mais simples do que se me afigurava. O mistério de Marta? Ora... ora... Fazem-se tantas loucuras... há tantas aventureiras...

E parecia-me até que, se eu quisesse, num grande esforço, numa grande concentração, poderia explicar coisa alguma, esquecer tudo. *Esquecer é não ter sido*. Se eu lograsse abolir o triste episódio da minha recordação, era exatamente como se nunca o existira. E foi pelo que me esforcei.

Entretanto nunca podia deixar de pensar numa circunstância: a complacência inaudita de Ricardo – *a sua infâmia*. E então as coisas haviam chegado a ponto de a sua mulher ir atrás dele, quase com ele, a casa de um amante? Pois se nós a não víramos, ela, por mais distraída que caminhasse, tinha-nos visto com certeza. *Mas nem por isso retrocedera!*

E um turbilhão de pequeninas coisas me ocorria juntamente, mil fatos sem importância ao primeiro exame, mil pormenores insignificantes em que eu só agora atentava.

Há muito que o meu amigo descobrira tudo decerto; por força que há muito soubera das nossas relações... Nem podia deixar de ser assim... Só se fosse cego... Era pasmoso!...

E ele que me queria sempre ao lado da sua companheira? Mudara de lugar à mesa, pretextando uma corrente de ar que nunca existira, só para que eu me sentasse junto de Marta e as nossas pernas se pudessem entrelaçar...

Se saíamos os três, eu ia ao lado dela... E nos nossos passeios de automóvel, Ricardo tomando sempre o volante, sentávamo-nos os dois sozinhos no interior da carruagem... bem chegados um ao outro... *de mãos dadas*. Sim; pois logo os nossos dedos se nos enastravam – maquinalmente,

---

99. embrenhadamente – de maneira oculta.

60

instintivamente... Ah! e era impossível que ele o não observasse quando, muita vez, se voltava para nos dizer qualquer coisa...
Mas – fato estranho – a verdade é que, nesses momentos, eu nunca receara que ele visse as nossas mãos; nunca me perturbara, nem sequer esboçara nunca um gesto de as desenlear... Era como se as nossas mãos fossem soltas, e nós sentados muito longe um do outro...
E dar-se-ia o mesmo com Sérgio? Oh, sem dúvida... *Ricardo estimava-o tanto...*
O mais infame, o mais inacreditável, porém, era que sabendo ele, a sua amizade, as suas atenções, por mim e pelo russo aumentassem cada dia...
Que ele soubesse e entanto se calasse, por muito amar a sua companheira e, acima de tudo, não a querer perder – ainda se admitia. Mas então, ao menos, que mostrasse uma atitude nobre – que nos não adulasse, que não nos acariciasse...
Ah! como tudo isto me revoltava! Não propriamente pela sua atitude; antes pela sua falta de orgulho. Eu não soube nunca desculpar uma falta de orgulho. E sentia que toda a minha amizade por Ricardo de Loureiro soçobrara hoje em face da sua baixeza. A sua baixeza! Ele que tanto me gritara ser o orgulho a única qualidade cuja ausência não perdoava em um caráter...
Mas devo esclarecer: ao pensar no extraordinário procedimento do meu amigo, nunca me confrangiam as reminiscências das minhas antigas obsessões. Esquecera-as por completo. Mesmo que as recordasse, importância alguma já daria ao *mistério* – seguramente *mistério* de pacotilha[100] –, ao meu ciúme, a tudo mais...
Apenas às vezes, quando muito, me assaltava uma saudade vaga, esvaída em melancolia, por tudo o que outrora me torturara.
Somos sempre assim: O tempo vai passando, e tudo se nos volve saudoso – sofrimentos, dores até, desilusões...
Com efeito, ainda hoje, às tardes maceradas[101], eu não sei evitar numa reminiscência[102] longínqua a saudade violenta de certa criaturinha indecisa que nunca tive, e mal roçou pela minha vida. Por isto só: porque ela me beijou os dedos; e um dia, a sorrir, defronte dos nossos amigos, me colocou em segredo o braço nu, mordorado, sobre a mão...
E depois logo fugiu da minha vida, esguiamente, embora eu, por piedade – doido que fui! –, ainda a quisesse dourar de mim, num enternecimento azul pelas suas carícias...
E sofri... ela era tão pouca coisa, mas a verdade é que sofri... sofri de ternura... uma ternura muito suave... penetrante... aquática...
Os meus afetos, mesmo, foram sempre ternuras...
Porém, quando me acordava essa saudade branda do meu antigo sofrimento – isto é: do corpo nu de Marta – no mesmo instante ela se me diluía, ao lembrar-me da atitude infame de Ricardo.

---
100. pacotilha – objeto grosseiro ou mal-acabado; malfeito.
101. macerar – modificar.
102. reminiscência – recordação vaga; quase esquecida.

E a minha revolta era cada vez maior.
Por felicidade, até aí, ainda não recebera uma carta do artista. Que nem a teria aberto, se a recebera...
Pessoa alguma conhecia o meu endereço. Saber-se-ia talvez que eu estava em Paris, devido a encontros fortuitos[103] com vagos conhecidos. Não comprava jornais portugueses. Se vinha no *Matin* qualquer telegrama de Lisboa, não o lia; e assim, em verdade quase triunfara esquecer-me de quem era... Entre a multidão cosmopolita, criava-me alguém sem pátria, sem amarras, sem raízes em todo o mundo.
— Ah! que venturoso eu fora se não tivesse nascido em parte nenhuma e entretanto existisse... — lembrei-me muita vez estranhamente, nos meus passeios solitários pelos bulevares, pelas avenidas, pelas grandes praças...
Uma tarde, como de costume, folheava as últimas novidades literárias nas galerias do Odéon, quando deparei com um volume de capa amarela, recém-aparecido, segundo a clássica tira vermelha... E diante dos meus olhos, em letras de brasa, o nome de Ricardo de Loureiro fulgurou...
Era com efeito a tradução francesa do *Diadema* que um editor arrojado acabara de lançar, revelando ao mundo uma literatura nova...
Nessa tarde, pela primeira vez desde que cheguei a Paris, tive algumas horas realmente alucinadas.
Durante elas embrenhei-me a pensar em Ricardo, no seu procedimento inqualificável, na sua inadmissível falta de orgulho.
Meditei em todos os pequenos episódios que atrás referi, descortinei[104] outros ainda mais significativos, perdendo-me a querer descobrir todos os amantes possíveis de Marta... E numa alucinação, não podia conceber que nenhum dos homens que eu vira um dia junto dela não tivesse passado pelo seu corpo — *e sabendo-o o marido*: Luís de Monforte, Narciso do Amaral, Raul Vilar... todos, enfim, todos...
Entretanto, no meio disto, ainda havia qualquer coisa mais bizarra: era que nesta revolta, neste asco, neste ódio — sim, neste ódio! — por Ricardo, misturava-se como que um vago despeito, um ciúme, um verdadeiro ciúme dele próprio. *Invejava-o!* Invejava-o por *ela* me haver pertencido... a mim, ao conde russo, a todos mais!...
E esta sensação descera-me tão forte, essa tarde, que num relâmpago me voou pelo cérebro a ideia rubra de o assassinar — para satisfazer a minha inveja, o meu ciúme: *para me vingar dele!*...
Mas voltei por fim à minha calma, e, perante o meu antigo amigo, só me restou o meu nojo, o meu tédio, e um desejo ardente de lhe escarrar na cara toda a sua indignidade, toda a sua baixeza, clamando-lhe:
— Olha que fomos amantes dela... eu e todos nós, ouves? *E todos sabemos que tu já o sabes!*...

---

103. fortuitos — casuais; que acontecem por acaso.
104. descortinar — descobrir; enxerguar.

* * *

À noite, antes de adormecer, veio-me ainda esta ideia perturbadora, num atordoamento luminoso:
— A sua baixeza... a sua falta de orgulho... Ah! mas se eu me engano... se eu me engano... se é Marta quem lhe conta tudo... se ele conhece tudo só porque *ela* lho diz... se ela tem segredos para todos, menos para ele... como eu queria... como eu a queria para mim... Nesse caso... nesse caso...
E ao mesmo tempo — arrepiadamente, desarrazoadamente[105] — acudiu-me à lembrança a estranha confissão que Ricardo me fizera uma noite, há tantos anos... no fim de um jantar... para o Bosque de Bolonha... no Pavilhão... no Pavilhão d'Armenonville...

XVI

Outubro de novecentos principiara.
Uma tarde, no Bulevar des Capucines, alguém de súbito me gritou, batendo-me no ombro:
— Ora até que enfim! Andava exatamente à sua procura...
Era Santa-Cruz de Vilalva, o grande empresário.
Tomou-me por um braço, fez-me à viva força sentar junto dele no terraço do La Paix, e pôs-se a barafustar-me o espanto que a minha falta de notícias lhe causara, tanto mais que, poucos dias antes de desaparecer, eu lhe falara da minha nova peça. Disse-me que em Lisboa muita gente perguntava por mim, que apenas vagamente se sabia que eu estava em Paris por alguns portugueses que tinham vindo à Exposição. Em suma: "Que demônio era isso, homem? neurastênico pelo último correio?..."
Como sucedia sempre quando alguém me fazia perguntas sobre a minha forma de viver, fiquei todo perturbado — corei e titubeei[106] quaisquer razões.
O grande empresário atalhou, exclamando-me:
— Bom. Mas antes de mais nada, vamos ao importante: Dê-me a sua peça.
Que não a concluíra ainda, que não me satisfazia...
E ele:
— Espero-o esta noite no meu hotel... ali, no Scribe... Traga-me a obra. Quero ouvi-la hoje... Que título?

---
105. desarrazoadamente — oposto à razão, à lucidez.
106. titubear — falar hesitando; gaguejar; balbuciar.

– *A Chama.*
– Ótimo. Até logo... Primeira em abril. Última récita de assinatura. Preciso fechar a minha estação com chave de ouro...

* * *

Fora-me muito desagradável o encontro que viera pôr termo ao meu isolamento de há seis meses. Porém, ao mesmo tempo, no fundo, a verdade é que eu não o lastimava. Sempre a literatura...
Desde que chegara a Paris, não escrevera uma linha – nem sequer já me lembrava de que era um escritor... E agora, de súbito, vinham-me recordá-lo – evidenciando o apreço em que se tinha o meu nome; e precisamente alguém que eu sabia tão pouco lisonjeiro, tão brusco, tão homem-de-negócios...

* * *

À noite, como se combinara, li o meu drama. Santa-Cruz de Vilalva exultou: "Trinta seguras!" punha as mãos no fogo; "a minha melhor obra" – garantiu.
Entreguei-lhe o manuscrito, mas com estas condições:
Que não iria assistir aos ensaios nem me ocuparia da distribuição, de pormenores alguns da *mise-en-scène*. Da mais ligeira coisa, enfim. Deixava tudo ao seu cuidado. Ah! e principalmente que não me escrevesse nem uma palavra sobre o assunto...
O grande empresário anuiu a tudo. Falamos ainda alguns instantes.
E ao despedirmo-nos:
– É verdade – disse – sabe quem me perguntou várias vezes por si? se eu sabia de você... o seu endereço?... O Ricardo de Loureiro... Que o meu amigo nunca mais lhe tinha escrito... Também represento um ato dele... em verso... Boa-noite...

XVII

*E*squecera já o meu encontro com o empresário, a minha peça, tudo – enfim tornara a mergulhar no meu antigo alheamento[107], quando de súbito me ocorreu uma ideia nova, inteiramente diversa da primeira, para o último ato da *Chama*: uma ideia belíssima, grande, que me entusiasmou.
Não descansei enquanto não escrevi o novo ato. E um dia não pude resistir; parti com ele para Lisboa.

---

107. alheamento – distração; abstenção.

* * *

Quando cheguei, tinham começado os ensaios pouco antes. Todos os meus intérpretes me abraçaram efusivamente. E Santa-Cruz de Vilalva:
— Ora... se eu não sabia já que ele havia de aparecer!... Quem não os conhecesse... São todos a mesma...
Os ensaios marchavam otimamente. Roberto Dávila, no papel de escultor, ia ter decerto uma das suas mais belas criações.
Passaram-se dois dias.
Coisa espantosa: ainda não falara do novo ato da minha peça, razão única por que decidira regressar a Lisboa contra todos os meus projetos, *contra toda a minha vontade*.
Entanto ao terceiro dia, enchendo-me de coragem (foi certo: precisei encher-me de coragem) disse ao empresário o motivo que me trouxera de Paris.
Santa-Cruz de Vilalva pediu-me o manuscrito, sem consentir, porém, que eu lho lesse.
E na manhã seguinte:
— Homem! — gritou-me — Você está maluco! O antigo é uma obra-prima. Este, perdoe-me... Posso dizer-lhe a minha opinião franca?...
— Sem dúvida... — volvi, já perturbado.
— Um disparate!...
Uma raiva excessiva me afogueou perante a boçalidade[108] do empresário, a sua pouca clarividência[109]. Pois se algumas vezes eu adivinhara nas minhas obras lampejos de gênio, era nessas páginas. Mas tive a força de me conter.
Não sei bem o que depois se seguiu. O certo é que tudo acabou por o drama ser retirado de ensaios, visto eu não consentir que o representassem com o primitivo ato, e a empresa se negar terminantemente a montá-lo, conforme o parecer do diretor e dos principais intérpretes.
Quebrei as relações com um e com outros, e exigi que me entregassem todas as cópias do manuscrito e os papéis. A minha exigência foi estranhada — lembro-me bem — sobretudo pelo modo violento como a fiz.
Ao chegar a minha casa — juntamente com o manuscrito original, lancei tudo ao fogo.
Tal foi o destino da minha última obra...

* * *

Decorreram algumas semanas.
As dores físicas do meu espírito tinham regressado; mas agora dores injustificadas — dores pelo menos cuja razão eu desconhecia.

---
108. boçalidade — estupidez; bobeira.
109. clarividência — sagacidade.

Desde que chegara a Lisboa – era claro – não procurara ainda nenhum dos meus companheiros. Às vezes parecia-me até que gente, que em tempos eu conhecera, me evitava. Eram literatos, dramaturgos, jornalistas, que decerto pretendiam lisonjear assim o grande empresário de quem todos mais ou menos dependiam, hoje ou amanhã.

Só uma coisa me admirava: Ricardo, pela sua parte, não me tinha procurado nunca. O que, de resto, ao mesmo tempo se me afigurava bem explicável; o mais natural até: ele percebera sem dúvida os motivos do meu afastamento, e por isso se retraíra, sensatamente.

Estimava bastante que tivesse procedido assim. Caso contrário ter-se-ia dado entre nós uma cena muito desagradável. Em face dele, eu não saberia reprimir os meus insultos.

O caso da *Chama* aborrecera-me deveras. Uma grande náusea me subira por tudo quanto tocava à arte no seu aspecto mercantil. Pois só o *comércio* condenara a versão nova da minha peça: com efeito, em vez de ser um ato meramente teatral, de ação intensa mais lisa, como o primitivo – o ato novo era profundo e inquietador; rasgava véus sobre o Além.

Num último tédio comecei vagabundeando dias inteiros pelas ruas da cidade, à toa, por bairros afastados de preferência...

Lembro-me de que seguia por avenidas, dobrava por travessas, ansioso, quase a correr: como alguém, enfim, que debalde procurasse uma pessoa que muito desejasse encontrar – não sei por que, fiz esta comparação às vezes.

Em geral à noite, febril, cheio de cansaço, aturdido, recolhia cedo a casa, dormindo de um sono estagnado até de manhã... para recomeçar o meu devaneio...

Fato curioso: nunca me lembrei durante este período de regressar a Paris, e volver-me ao meu tranquilo isolamento de alma. Não porque me desagradasse hoje essa maneira de viver. Apenas tal recurso nunca me passou pela ideia...

Uma manhã vi de súbito alguém atravessar a rua, dirigindo-se ao meu encontro...

Quis fugir. Mas os pés enclavinharam-se no solo. Ricardo, ele próprio, estava em minha frente...

Não me podem lembrar – de banais que foram, por certo – as primeiras palavras que trocamos. Seguramente o poeta me disse o espanto que a minha desaparição lhe causara, que lhe causara o meu procedimento atual.

Fosse como fosse, falara-me num tom de grande tristeza, e em toda a sua figura havia a expressão de um sincero desgosto. É possível que ao expor-me tudo isso, os seus olhos estivessem úmidos de lágrimas.

Pelo meu lado, desde que o tinha em face de mim, ainda não pudera refletir; aturdia-me um denso véu de bruma – tal como na última tarde que passara com o meu amigo.

Escutei em silêncio os seus queixumes, até que, de repente – desenvencilhado, desperto – me não soube conter, como receara, e lhe comecei gritando todo o meu ódio: a minha revolta, o meu nojo...

A sua expressão dolorosa não se transformou com as minhas palavras – o artista pareceu mesmo não as estranhar, como se eu lhe desse a resposta mais natural ao que me contara. Apenas só agora, indubitavelmente[110], as lágrimas lhe desciam pelo rosto; *mas não era diversa da primeira dor que as provocava.*
E eu acabei:
– ... Tinha-me atascado na lama... Por isso fugi... por essa ignomínia[111]... Ouves? ouves!?...
Todo ele tremeu então. Velou-lhe o rosto uma sombra...
Deteve-se um instante e, por fim, numa voz muito estranha, sumida, úmida – tão singular que nem parecia vir da sua garganta, começou:
– Ah! como te enganas... Meu pobre amigo! Meu pobre amigo!... Doido que eu era no meu triunfo... Nunca me lembrei de que os mais o não entenderiam... Escuta-me! Escuta-me!... *Oh! tu hás-de me escutar!...*
Sem vontade própria, esvaído, em silêncio, eu acompanhava-o como que arrastado por fios de ouro e lume, enquanto ele se me justificava:
– Sim! Marta foi tua amante, e não foi só tua amante... Mas eu não soube nunca quem eram os seus amantes. Ela é que mo dizia sempre... *Eu é que lhos mostrava sempre!*
"Sim! Sim! Triunfei encontrando-a!... Pois não te lembras já, Lúcio, do martírio da minha vida? Esqueceste-o?... Eu não podia ser amigo de ninguém... não podia experimentar afetos... Tudo em mim ecoava em ternura... eu só adivinhava ternuras... E, em face de quem as pressentia, só me vinham desejos de carícias, desejos de posse – para satisfazer os meus enternecimentos, sintetizar as minhas amizades..."
Um relâmpago de luz ruiva me cegou a alma.
O artista prosseguiu:
– Ai, como eu sofri... como eu sofri!... Dedicavas-me um grande afeto; eu queria vibrar esse teu afeto – isto é: retribuir-to; e era-me impossível!... Só se te beijasse, se te enlaçasse, se te possuísse... Ah! mas como possuir uma criatura do nosso sexo?...
"Devastação! Devastação! Eu via a tua amizade, nitidamente a via, e não a lograva sentir!... Era toda de ouro falso...
"Uma noite, porém, finalmente, uma noite fantástica de branca, triunfei! Achei-A... sim, *criei-A!...* criei-A... Ela é só minha – entendes? – é só minha!... Compreendemo-nos tanto, que Marta é como se fora a minha própria alma. Pensamos da mesma maneira; igualmente sentimos. Somos nós-dois... Ah! e desde essa noite eu soube, em glória soube, vibrar dentro de mim o teu afeto – retribuir-to: mandei-A ser tua! *Mas, estreitando-te ela, era eu próprio quem te estreitava...* Satisfiz a minha ternura: Venci! E ao possuí-la, eu sentia, tinha nela, a amizade que te devera dedicar – como os outros sentem na alma as

---

110. indubitavelmente – evidentemente.
111. ignomínia – infâmia; calúnia.

suas afeições. Na hora em que a achei – tu ouves? – foi como se a minha alma, sendo sexualizada, se tivesse materializado. *E só com o espírito te possuí materialmente!* Eis o meu triunfo... Triunfo inigualável! Grandioso segredo!... "Oh! mas como eu hoje sofro... como sofre outra vez despedaçadoramente... "Julgaste-me tão mal... Enojaste-te... gritaste à infâmia, à baixeza... e o meu orgulho ascendia cada aurora mais alto!... Fugiste... E, em verdade, fugiste de ciúme... Tu não eras o meu único amigo – eras o primeiro, o maior – mas também por um outro eu oscilava ternuras... Assim a mandei beijar esse outro... Warginsky, tens razão, Warginsky... Julgava-o tão meu amigo... parecia-me tão espontâneo... tão leal... *tão digno de um afeto...* E enganou-me... enganou-me..."

Atônito, eu ouvia o poeta como que hipnotizado – mudo de espanto, sem poder articular uma palavra...

A sua dor era bem real, bem sincero o seu arrependimento; e observei que o tom da sua voz se modificara, aclarando-se ao referir-se ao conde russo – para logo de novo se velar, dizendo:

– Que valem os outros, entanto, em face da tua amizade? Coisa alguma! Coisa alguma!... Não me acreditas?... Ah! mas é preciso que me acredites... que me compreendas... Vem!... Ela é só minha! Pelo teu afeto eu trocaria tudo – *mesmo o meu segredo.* Vem!

Depois, foi uma vertigem...

Agarrou-me violentamente por um braço... obrigou-me a correr com ele... Chegamos por fim diante da sua casa. Entramos... galgamos[112] a escada de um salto...

Ao atravessarmos o vestíbulo[113] do primeiro andar, houve um pormenor insignificante, o qual, não sei por que, nunca olvidei: em cima de um móvel onde os criados, habitualmente, punham a correspondência, estava uma carta... Era um grande sobrescrito timbrado com um brasão a ouro...

É estranho que, num minuto culminante como este, eu pudesse reparar em tais ninharias. Mas o certo foi que o brasão dourado me bailou alucinador em frente dos olhos. Entretanto não pude ver o seu desenho – vi só que era um brasão dourado e, ao mesmo tempo – coisa mais estranha –, *pareceu-me que eu próprio já recebera um sobrescrito igual àquele.*

O meu amigo – ainda que preso de uma grande excitação – abriu a carta, leu-a rapidamente, e logo a amarfanhou arremessando-a para o sobrado...

Depois, torceu-me o braço com maior violência.

Em redor de mim tudo oscilou... Sentia-me disperso de alma e corpo entre o rodopio que me silvava... tinha receio de haver caído nas mãos de um louco...

E numa voz ainda mais velada, mais singular, mais falsa – isto é: melhor do que nunca parecendo vir doutra garganta –, Ricardo gritava-me num delírio:

---

112. galgar – correr.
113. vestíbulo – portal principal de um edifício ou primeira divisão de um edifício que leva a outras.

— Vamos ver! Vamos ver!... Chegou a hora de dissipar os fantasmas... Ela é só tua! e só tua... hás-de me acreditar!... Repito-te: Foi como se a minha alma, sendo sexualizada, se materializasse para te possuir... Ela é só minha! É só minha! Só para ti a procurei... Mas não consinto que nos separe... Verás... Verás!...

E no meio destas frases incoerentes, *impossíveis*, arrastava-me correndo numa fúria para os aposentos da sua esposa, que ficavam no segundo andar.

(Pormenor curioso: nesse momento eu não tinha a sensação de que eram *impossíveis* as palavras que ele me dizia; apenas as julgava cheias da maior angústia...)

Tínhamos chegado. Ricardo empurrou a porta brutalmente...

Em pé, ao fundo da casa, diante de uma janela, Marta folheava um livro...

A desventurada mal teve tempo para se voltar... Ricardo puxou de um revólver que trazia escondido no bolso do casaco e, antes que eu pudesse esboçar um gesto, fazer um movimento, desfechou-lho à queima-roupa...

Marta tombou inanimada no solo... Eu não arredara pé do limiar...

E então foi o mistério... o fantástico mistério da minha vida...

Ó assombro! ó quebranto! *Quem jazia estiraçado junto da janela, não era Marta – não!* –, *era o meu amigo, era Ricardo... E aos meus pés – sim, aos meus pés! – caíra o seu revólver ainda fumegante!*...

Marta, essa desaparecera, evolara-se em silêncio, como se extingue uma chama...

Aterrado, soltei um grande grito – um grito estridente, despedaçador – e, possesso de medo, de olhos fora das órbitas e cabelos erguidos, precipitei-me numa carreira louca... por entre corredores e salões... por escadarias...

Mas os criados acudiram.

...Quando pude raciocinar, juntar duas ideias, em suma: quando despertei deste pesadelo alucinante, infernal, que fora só a realidade, *a realidade inverossímil* – achei-me preso num calabouço do governo civil, guardado à vista por uma sentinela...

XVIII

$\mathcal{P}$ouco mais me resta a dizer. Pudera mesmo deter-se aqui a minha confissão. Entretanto ainda algumas palavras juntarei.

Convém passar rapidamente sobre o processo. Ele nada apresentou que valha a pena referir. Pela minha parte, nem por sombras tentei desculpar-me

69

do crime de que era acusado. Com o inverossímil, ninguém se justifica. Por isso me calei.

O apelo do meu advogado, brilhantíssimo. Deve ter dito que, no fundo, a verdadeira culpada do meu crime fora Marta, a qual desaparecera e que a polícia, segundo creio, procurou em vão.

No meu crime subentenderam-se causas passionais, seguramente. A minha atitude era romanesca de esfíngica. Assim pairou sobre tudo um vago ar de mistério. Daí, a benevolência do júri.

Entanto devo acentuar que sobre o meu julgamento conservo reminiscências muito indecisas. A minha vida ruíra toda no instante em que o revólver de Ricardo tombara aos meus pés. Em face a tão fantástico segredo, eu abismara-me. Que me fazia pois o que volteava à superfície?... Hoje, a prisão surgia-me como um descanso, *um termo*...

Por isso, as longas horas fastidiosas passadas no tribunal, eu só as vi em bruma – como sobrepostas, *a desenrolarem-se num cenário que não fosse precisamente aquele em que tais horas se deveriam consumar*...

Os meus "amigos" como sempre acontece, abstiveram-se: nem Luís de Monforte – que tanta vez me protestara a sua amizade – nem Narciso de Amaral, em cujo afeto eu também crera. Nenhum deles, numa palavra, me veio visitar durante o decorrer do meu processo, animar-me. Que a mim, de resto, coisa alguma me *animaria*.

Porém, no meu advogado de defesa fui achar um verdadeiro amigo. Esqueceu-me o seu nome; apenas me recordo de que era ainda novo e de que a sua fisionomia apresentava uma semelhança notável com a de Luís de Monforte.

Mais tarde, nas audiências, havia de observar igualmente que o juiz que me interrogava se parecia um pouco com o médico que me tinha tratado, havia oito anos, de uma febre cerebral que me levara às portas da morte.

Curioso que o nosso espírito, sabendo abstrair de tudo numa ocasião decisiva, não deixe entanto de frisar pequenos detalhes como estes...

XIX

*P*assaram velozes os meus dez anos de cárcere, já o disse.

De resto, a vida na prisão onde cumpri a minha sentença não era das mais duras. Os meses corriam serenamente iguais.

Tínhamos uma larga cerca onde, a certas horas, podíamos passear, sempre sob a vigilância dos guardas, que nos vigiavam misturados conosco e que às vezes até nos dirigiam a palavra.

A cerca terminava num grande muro, um grande paredão sobre uma rua larga – melhor: sobre uma espécie de largo onde se cruzavam várias ruas. Em frente – pormenor que se me gravou na memória – havia um quartel amarelo (ou talvez outra prisão).

O prazer maior de certos detidos era de se debruçarem do alto do grande muro, e olharem para a rua; isto é: para a vida. Mas os carcereiros, mal os descobriam, logo brutalmente os mandavam retirar.

Eu poucas vezes me acercava do muro; apenas quando algum dos outros prisioneiros me chamava com insistência, por grandes gestos misteriosos, pois nada me podia interessar do que havia para lá dele.

Mesmo, nunca soubera evitar um arrepio árido de pavor ao debruçar-me a esse paredão e ao vê-lo esgueirar-se, de uma grande altura – enegrecido, lezardento, escalavrado[114] – sobre raros indícios de uma velha pintura amarela.

* * *

Nunca tive que me queixar dos guardas, como alguns dos meus companheiros que, em voz baixa, me contavam os maus tratos de que eram vítimas.

E o certo é que, às vezes, se ouviam de súbito, ao longe, uns gritos estranhos – ora roucos, ora estridentes. E um dia um prisioneiro mulato – decerto um mistificador – disse-me que o tinham vergastado sem dó nem piedade com umas vergastas[115] horríveis – *frias como água gelada*, acrescentara na sua língua de trapos...

Aliás, eu com raros dos outros prisioneiros me misturava. Eram – via-se bem – criaturas pouco recomendáveis, sem ilustração nem cultura, vindas por certo dos *bas-fonds* do vício e do crime.

Apenas me aprazia durante as horas de passeio na grande cerca, falando com um rapaz louro, muito distinto, alto e elançado. Confessou-me que expiava igualmente um crime de assassínio. Matara a sua amante: uma cantora francesa, célebre, que trouxera para Lisboa.

Para ele como para mim, também a vida parara – ele vivera também *o momento culminante* a que aludi na minha advertência. Falávamos por sinal muita vez desses instantes grandiosos, e ele então referia-se à possibilidade de fixar, de guardar, as horas mais belas da nossa vida – fulvas de amor ou de angústia – e assim poder vê-las, ressenti-las. Contara-me que fora essa a sua maior preocupação na vida – *a arte da sua vida*...

Escutando-o, o novelista acordava dentro de mim. Que belas páginas se escreveriam sobre tão perturbador assunto!

---

114. escalavrado – estragado; deteriorado.
115. vergastas – chibata.

* * *

Enfim, mas não quero insistir mais sobre a minha vida no cárcere, que nada tem de interessante para os outros, nem mesmo para mim. Os anos voaram. Devido à minha serenidade, à minha resignação, todos me tratavam com a maior simpatia e me olhavam carinhosamente. Os próprios diretores, que muitas vezes nos chamavam aos seus gabinetes ou eles próprios nos visitavam, a conversar conosco, a fazerem-nos perguntas – tinham por mim as maiores atenções.

...Até que um dia chegou o termo da minha pena e as portas do cárcere se me abriram...

Morto, sem olhar um instante em redor de mim, logo me afastei para esta vivenda rural, isolada e perdida, onde nunca mais arredarei[116] pé.

Acho-me tranquilo – sem desejos, sem esperanças. Não me preocupa o futuro. O meu passado, ao revê-lo, surge-me como o passado de um outro. *Permaneci, mas já não me sou.* E até à morte real, só me resta contemplar as horas a esgueirar-se em minha face... *A morte real* – apenas um sono mais denso...

Antes, não quis porém deixar de escrever sinceramente, com a maior simplicidade, a minha estranha aventura. Ela prova como fatos que se nos afiguram bem claros são muitas vezes os mais emaranhados; ela prova como um inocente, muita vez, se não pode justificar, porque a sua justificação é inverossímil – *embora verdadeira.*

Assim eu, para que lograsse ser acreditado, tive primeiro que expiar, em silêncio, durante dez anos, um crime que não cometi...

A vida...

27 de setembro de 1913 – Lisboa.

Mário de Sá-Carneiro

---

116. perceba que, mesmo vivo, o narrador personagem se considera morto, sem expectativas.